• 衛斯理小說典藏版 17 •

大廈

衛斯理
親自演繹衛斯理

《大廈》

新之又新的序言，最新的

衛斯理小說從第一次出版至今，歷時已近半世紀，總共出了多少正版，還能計得清，若是連盜版一起算，那就算找外星人來算，也算勿清楚哉！不知能不能也算世界記錄。

算得清好，算勿清也好，能幾十年來不斷出新版，說明不斷有讀者加入，對作者來說，沒有更值得高興的事了，謝謝所有喜歡衛斯理的人，謝謝謝謝。

二〇二〇年六月四日 香港

幾句話

寫了四十多年小說，論者將拙作分為三個時期：早、中、晚。在明窗出版的一批，屬於早期和中期的上半。三個時期的創作風格有相當程度的不同，所以風評不一。本人並無偏愛，但讀友對早期的作品，頗有好評，大抵是由於在早、中期作品之中，主要人物精力充沛，活力無窮，所以使故事曲折多變，小說也就格外吸引。明窗出版社此次重新出版這批作品，正好讓大家來證明這一點。

四十餘年來，新舊讀友不絕，若因此而能有新讀友，不亦快哉！

倪匡

二〇〇五年十一月六日

序言

《大廈》這個故事，有一個十分著名的情節，就是一個人進了電梯，想到二十二樓去，可是電梯卻不斷向上而升，向上升，升到了一個不可測的空間，讀來很是可怖，所以給讀友的印象也就特別深刻。

幻想小說中的情節，和現實生活中常見的行動結合在一起，給以新的設想，特別是能使看小說的人感到震撼。像乘搭電梯，生活在大都市中的人，幾乎人人，天天，都在進行，誰也未曾想到過那種平凡的行為，有時也可以變得十分可怖！

「大廈」中的這一情節，寫在二十年前，後來又好多年，西方的幻想小說家才發現這種情節的討好，才有了大量這類情節的小說。

當然，這並不說明什麼。

衛斯理（倪匡）

一九八六年十二月十二

目錄

第一部

不停上升的電梯

這個故事，發生在一個正在迅速發展，人口極度擁擠的大城市之中。

凡是這樣的大城市，都有一個特點：由於人愈來愈多，所以房屋的建築便向高空發展，以便容納更多的人，這種高房子，就是大廈。

凡是這樣的城市，商業必然極度發達，各種各樣的生意，都有人做，有許多形成大集團，在這些機構中服務的人，有穩定的職業，相當的收入，形成一種階層，可以稱之為中產階層。

凡是這樣的大都市，寸金尺土，房租一定貴，到了中產階層就算有固定穩當的收入，也不想負擔的程度。

於是，買一個居住單位，便成了許多有穩定職業的人的理想。

羅定就是這樣的人，他是一個大機構中主任級的職員，家庭人口簡單，收入不錯，已經儲蓄了相當數目的一筆錢，他閒暇時間的最大樂趣，就是研究各幢分層出售大廈的建築圖樣，和根據報章上的廣告，去察看那些正在建築中，或已經造好了的大廈，想從中選購一個單位。

星期六，羅定駕着車，天氣很熱，可是他興致十分高，因為他在報上，看到有一幢才落成的大廈，有幾個單位，售價很相宜。

那幢大廈所在的位置，可以俯瞰整個城市，又有很大的陽台，這一切，都符合他的理想，他駕着車，駛上了一條斜路，不多久，就看到了那幢巍峨的大廈。

大廈高二十七層，老遠望過去，就像是一座聳立着的山峰，羅定望着筆直的大廈，心中暗暗佩服建築工程師的本領，二十多層高的房子，怎麼可能起得那樣整齊，那樣直，連一吋的偏斜也沒有！

大廈剛落成，還沒有人住，羅定在大廈門前停下車，才一下車，就聞到了一股新房子獨有的氣味。那種氣味並不好聞，可是對於已經打算在這幢大廈中選上一個單位，作為自己居住之所的羅定來講，這種氣味，聞來使他有一種興奮之感。

他走進了大廈的入口處，大堂前的兩扇大玻璃門，已經鑲上了玻璃，不過還沒有抹乾淨，玻璃上有許多白粉畫出的莫名其妙的圖畫。

大堂的地台，是人造大理石的，一邊牆壁上，用彩色的瓷磚，砌成一幅圖案。另一邊牆上，是好幾排不鏽鋼的信箱。

羅定的心裡在想：那可以說是第一流的大廈，等到有人住的時候，大堂中當然會放上幾盆花草，那就格外顯得有氣派。羅定在大室中站了一會，好像他已經付了錢，買下了其中的一層一樣，仔細地察看着一塊碎裂了的瓷磚，直到過了幾分鐘，他才陡地感到，這幢大廈中，好像一個人也沒有，當然，他知道沒有住客，但管理員呢？

他四面張望着，伸手拍着信箱，發出巨大的聲響。

過了片刻，才看到有一個瘦削的中年人，從樓梯上走了下來，那人身子很高，瞪着眼，眼珠小得和上下眼瞼完全碰不到，小眼珠轉動着，用並不友善的態度道：「什麼事？」

羅定挺了挺胸：「我來看房子！」

小眼珠仍然轉動着，不過態度好像友善了許多，他自腰際解下一串鑰匙來：「你想看哪一個單位？」

羅定是早已有了主意的，他立即道：「高層的，二十樓以上，不過不要頂層，熱！」

小眼珠轉動着，取出了兩柄鑰匙來，交給羅定：「這是二十二樓的兩個單位，請你自己上去看！」

羅定在這半年來，看過不少房子，大多數，不是由經紀陪着，就是由管理人員陪着，像今天那樣，管理人員將鑰匙交給他，由得他自己去看的情形，倒還是第一次。

不過，羅定很高興這樣，他一個人去看的話，可以看得更仔細一些。買一個單位，要化去畢生的儲蓄，不能不小心，有人陪着，似乎不好意思怎麼挑剔，一個人看，就可以看到滿意為止。

他接過了鑰匙，眼看那個小眼珠、瘦削的中年人，又走上了樓梯，他來到了電梯門口，按了按鈕，電梯門打開，羅定走了進去。

電梯很寬敞，四壁鑲鋁，羅定按了鈕，電梯開始向上升去。

當電梯向上升去的時候，羅定已經開始在想，如果自己買了房子，那麼，至少該添一些新傢俬，或者，索性豪華一點，委託一間裝修公司，好好地裝修一下，住得舒舒服服，從此之後，不必每個月交租，而且，這幢大廈的環境那麼好，在陽台上坐着，弄一杯威士忌，欣賞風景，真是賞心樂事！

如果他自己看了認為滿意，那麼還可以帶家人一起來看，他太太一定也會喜歡！

羅定愈想愈是高興，當他開始覺得，自己在電梯中太久了的時候，他也不知道究竟進了電梯已有多久。電梯中本來是有一排數字，到達哪一層，就亮起哪一個數字的。可是，當羅定抬頭，向那排數字望去的時候，那排數字，卻一個也沒有亮着。

羅定皺了皺眉，心裡想，一定是有一條電線鬆了，不能連接到那些數字後的小電燈，所以才會那樣，等一會下去的時候，一定得和那個管理員說一說。

在感覺上，羅定可以肯定，電梯還在向上升着，上升得很穩定。

他心裡又想，究竟是二十二樓，電梯上升雖然快，也需要時間。

他的心情很輕鬆，吹着口哨，可是當他吹完一闋流利歌曲之後，電梯還沒有停下來，在感覺上，他可以知道，電梯還在向上升。

羅定呆了半晌，接着，他伸手拍打着電梯的門，他明知電梯在上升中，拍門也拍不開來，可是，他在電梯中，實在太久了！

就算是二十二樓，在電梯中那麼久，也應該到了，他又接連按下了幾個掣，可是沒有用，電梯還是在向上升着，這一點，他可以肯定！

羅定開始着急起來，但是他立即感到好笑，電梯如果停止不動了，也沒有什麼大問題，何況在繼續向上升，電梯會升到什麼地方去？至多升到頂樓，一定會停止的，難道會冒出大廈的屋頂，飛上天去？

當羅定一想到這一點的時候，他笑了起來，笑自己可能太緊張了，所以感到時間過得慢。

他將鑰匙繞在手中，轉動着，抬頭看看那一排數字，最討厭是電燈不亮，不然，他就可以知道自己現在在哪一層。

電梯還在向上升着，羅定本來一直是在笑着的，可是漸漸地，他卻有點笑不出來了！

從他警覺到自己在電梯中已經太久了之後，到現在，至少又過去了五分鐘。絕無可能電梯上升了那麼久，而仍然不停下來的！

羅定開始冒汗，他又連續地按下了好幾個鈕掣，希望能使電梯停下來，可是卻一點用處也沒有，電梯仍然繼續在向上升。

當羅定真正開始焦急的時候，是在又過了三分鐘之後，電梯中其實並不熱，但是羅定卻渾身都被汗濕透了，他用力敲打着電梯的門，按着電梯上的「警鐘」和「停止」鈕，想使電梯停下來。

可是一點用處也沒有，不論他怎麼樣，電梯一直在向上升着，照時間計算起來，電梯可能已上升了幾千呎，但是，任何人都知道，世界上決沒有那麼高的大廈。

羅定靜了下來，不由自主地喘着氣，這是不可能的，大廈只有二十七層，在大廈中的電梯，當然不可能上升幾千呎，那麼，多半是自己感覺上，電梯在上升，而實際上，電梯早已停了。

羅定竭力想使自己接受這種想法：電梯中途壞了，那只不過是一個小小的意外，沒有什麼大不了，就算連警鐘也壞了，那個小眼珠的管理員，一定也會久等他不見而找他，自然很容易發現電梯在中途停了，會召人來救，他就可以安然無事。

可是，羅定雖然竭力向這方面想，但是事實上，他更知道，電梯是在向上升着。

羅定不是沒有搭過電梯，電梯的上升，雖然很穩定，但總可以覺得出來。又過了兩分鐘，羅定的心中，愈來愈是恐懼，他像是進入了一個噩夢之中：不斷上升的電梯，會將他帶到什麼地方去呢？

羅定實在無法遏止心中的恐懼，他陡地大叫了起來，連他自己也料不到，原來他心中的恐懼如此之甚，以致他的叫聲，是那樣淒厲。

他開始大叫不久，電梯輕微地震動了一下，停了下來，而且，電梯的門，打了開來。

羅定幾乎是跌出電梯去的，他直向前衝出了幾步，伸手扶住了牆，看清楚了那是一個穿堂，兩面有相對的兩扇大門，他才定過神來。

電梯的門打開着，他還在這幢大廈之中。

他伸手抹了抹汗，並沒有什麼異樣，剛才的一切的確像是一場噩夢，羅定無法明白那究竟是怎麼一回事，他只好這樣設想：剛才電梯曾在中途停頓了一段時間，要不然，他決不會在電梯中那麼久！

他揚起手來，手中的鑰匙還在，當然不是在做夢，他可以立即憑他手中的鑰匙，打開那兩扇門。

而打開門之後，他就可以進入他想購買的居住單位，那一定很理想，雖然剛才在電梯中，他感到如此恐懼。那一定是神經過敏，工作是不是太辛苦了呢？

羅定一面思想混亂地想着，一面向前走去，大門很夠氣派，他隨便揀了一條鑰匙，插進門孔，轉動了一下，門打了開來，新房子的氣味更強烈，一進門，是一條短短的走廊，然後，是一個相當寬敞的連着陽台的客廳。

一看到那寬敞的客廳，羅定不禁心花怒放，他向前走去，門已自動關上，便直來到玻璃門之前，移開了玻璃門，踏上了陽台。

就在那一剎間，他呆住了。

他來的時候，陽光猛烈，曬得馬路上映起一片灼熱的閃光，但是現在到了陽台上，向下望去，只是灰濛濛的一片，什麼也看不見。

天是什麼時候開始變壞的呢？

羅定略呆了一呆，又向前走出了兩步，靠住了陽台的扶欄，向下看去，就在那時，他第二次發出驚怖之極的呼叫聲來！

他向下看去，並不是看到下一層的陽台，而是什麼都沒有！他在一個居住單位之中，不錯，可是，那個居住單位，卻像是孤零零地浮在半空之中，上不着天，下不着地，看出去只是灰濛濛一片，也不知是雲是霧！

羅定一面驚叫着，一面向後退去，「砰」地一聲，撞在玻璃門上，跌進了客廳。

他還想繼續呼叫，可是過度的驚怖，令得他雖然張大了口，卻發不出任何聲音。

他奔到門口，拉開了門，回到了穿堂。

電梯門還開着，他衝進了電梯，但是又立時退了出來。不住喘着氣，他在一幢大廈之中，可是，為什麼會這樣子？他不願自己再一個人關在電梯中，他寧願走樓梯下去，他可以一面向樓下奔去，一面高聲呼叫，總有人會聽到他的呼叫聲。

然而，當他找尋樓梯的時候，他雙腿不由自主發起抖來：沒有樓梯！

這幢大廈，沒有樓梯！

剛才，明明看到有樓梯，那小眼珠管理員，就是從樓梯上走下來的，但是現在，羅定卻找不到樓梯！沒有樓梯的大廈！

羅定腳步踉蹌，在穿堂中來回奔着，可是沒有樓梯，樓梯口不是一枚針，如果在那裡的話，他絕對不會找不到！然而，沒有樓梯，只有電梯，還開着門，在等他走進去，那情形，就像是什麼怪物，張大了口，等着他投進去一樣！羅定沒有別的選擇，沒有樓梯，他只好由電梯下去，他必須離開這裡，這幢可怖的大廈。羅定急速地喘着氣，走進了電梯，按了鈕，當電梯的門關上，而且在感覺上，電梯在開始下降之際，他竟至於雙手掩着臉，哭了起來。

他是一個成年人，不知已有多少年沒有哭了，可是這時候，剛才的遭遇，實在已超過了他對恐懼所能忍受的範圍，他之所以哭，完全是一種自然而然的生理反應。

他覺得雙腿發軟，在電梯裡幾乎站立不定，他雙手扶着電梯的門，電梯在向下降，他開始大叫，陡然之間，電梯震動了一下，門打了開來。

羅定直衝出去，他衝得實在太急，是以「砰」地一聲，身子撞在對面的那一排信箱上。

他扶住了信箱，喘着氣，看到自己是在大廈的大堂中，和他進來的時候一樣，他可以透過玻璃門，看到外面的地，外面的車。

羅定慢慢站直身子，突然，他覺得有人伸手搭在他肩上，他實在不能再忍受任何的驚嚇，是以他陡地跳了起來，轉過身去。

他看到了那管理員，管理員白多黑少的眼睛，看來如此詭異，管理員的笑容，看來也不懷好意，管理員問道：「先生，看過了，你滿意麼？」

羅定大叫了一聲，伸手推開了管理員，他推的力道很大，那管理員可能一下子給他推得跌在地上，可是他卻也不理會，立時向外奔去。他依稀聽得管理員在身後大叫大嚷，可是他卻不理會，只是向前奔着，奔到了他的車旁，打開了車門，發動引擎，駕着車，轉到了斜路口，向下直衝了下去。而就在他駕車向下直衝下去之際，有一輛車，正向上駛來，羅定聽到對面的車子，在按着喇叭，汽車喇叭聲聽來震耳欲聾。

可是，羅定還是沒有法子控制他的車子，他只看到對方的車頭，迅速接近，接着，是一個女人的尖叫聲，和隆然的一聲巨響。

羅定的車子，撞上了駛上斜路來的車子，他身子陡地向前一衝，昏了過去。

羅定因為撞車而受傷，被送進了醫院，以上的一切，是他在清醒過來之後講出來的。

那幢大廈的管理員，叫陳毛。

陳毛是一個很有經驗的大廈管理員，這幢大廈才落成不久，還沒有人居住，可是不斷有人來看房子，他的工作也不算很清閒。

關於羅定的事，他怎麼說呢？

他說：「那天是星期六，天很熱，我聽到有人在問有沒有人，就從二樓走下來，看到了那位先生。」

「你看到他的時候，是不是覺得他有點不正常？」問話的是一位警官，他負責調查撞車案子，當然，他也知道了羅定自述的遭遇。

陳毛的回答是：「沒有，看來他很喜歡這幢大廈，他要看高層，我將鑰匙給了他，他就進了電梯，等到他進去了之後，我才想起，忘了告訴他，電梯裡面的小燈壞了，不知道在哪一層停，不過那也不要緊的，按哪一層的鈕，當然在哪一層停。」

警官問：「後來怎麼樣？」

陳毛道：「我沒有陪他上去，很多人來看房子，都不喜歡有人陪，而且，我還要接待其他看房子的人，他上去了很久——」警官打斷了陳毛的話頭：「有多久？」

陳毛想了一想，道：「多久？好像半小時，又好像更久一點，我記不起來了，他下來的時候，我看到他扶着信箱站着，我走過去，拍他的肩，問他是不是喜歡，他忽然大叫起來，用力推我，向外奔去，鑰匙還在他手裡，我叫他還給我，他也不聽！」

警官問：「你沒有追他？」

陳毛道：「當然追，可是等我追出去，他已經上了車，車子向斜路衝下去，我才來到路口，就看到他的車子，和另一輛車子撞上了！」

警官沒有再問下去，因為事情顯然和陳毛無關。

和羅定車子撞了個正着的那輛車中，是一男一女，這兩個無緣無故，飽受了虛驚的人，倒是大家的熟人。小郭和他的太太。小郭，就是轉業成為私家偵探之後，業務上極有成就的郭大偵探，他的太太，就是那位旅遊社的女職員，嚇得一個曾參加過南京大屠殺的日本鬼子，幾乎以為見了鬼的那位小姐。

他們婚後，生活得很好，也想買那幢大廈的一個單位，所以一起來看房子，誰知道才駛近大廈，一輛汽車，就像瘋牛一樣地衝了下來。小郭的駕駛術，算得上一流，立時響號、扭向、踏煞車，可是對方衝下來的速度太快，所以還是撞上了，幸而，他們沒有受傷，立時從車中走了出來。

看到羅定昏了過去，他報警，召來救傷車，將羅定送進了醫院。

小郭後來也到過警局，將當時的情形，講了出來，有陳毛作證，錯全不在他，而在於羅定，可是羅定卻講出了他那個希奇古怪的遭遇。

第二部

再次發生怪事

我不認識羅定，也不認識陳毛，和小郭是多年老朋友，這件事，小郭也沒有和我特別提起，只是有一次偶然相遇，說了起來。

我不假思索：「有一些人，不能處在一個狹窄的空間內，在狹窄的空間中，像在電梯裏面，他就會感到莫名的恐懼，生出許多幻想來。」

小郭道：「我也是這樣想，這個姓羅的，一定是一個極神經質的人，所以才會那樣，不過，他的遭遇好像是真的！」

我又道：「有一種人，他們將幻想的事當成真的，這一種人，我們也時常可以見到，這是一種相當嚴重的心理毛病！」

小郭笑了起來：「你倒可以做心理醫生了，不過最倒楣的是我，我那輛車子，是才從意大利運來的，特別設計，手工製造，給他撞了一下，本地無法修補，要有好幾個月沒車子用！」

我拍了拍他的肩頭：「你排場愈來愈大了！」

小郭高興地道：「有那麼多人願意花大價錢來請我，我有什麼辦法！」

我們又談了些別的，我又順口問了他一句：「那麼，你究竟買了那房子沒有？」

小郭道：「我倒想買，不過太太說，看房子撞車，兆頭不好，所以打消了原意。」

我又問道：「那麼，你甚至沒有上去看過？」

小郭搖頭道：「當然沒有！」

我打着哈哈：「要是你也上去看過，可能也會和那位羅先生同樣的遭遇！」

小郭高興地道：「我倒希望這樣——」

他講到這裏，忽然現出興奮的神情來：「反正我有空，你也不會有事，我們去看看，怎麼樣？」

我搖頭道：「那有什麼好看？」

小郭堅持道：「去看看有什麼關係，那大廈的環境，實在不錯。」

那個姓羅的遭遇很有趣，或者說是很刺激，我想那是這位羅先生的幻覺，不過，反正沒有事情，去走一遭，又有什麼關係？

我點頭答應，和小郭一起去看那幢大廈。

駛向那幢大廈門口的那條路，的確相當斜，所以，當車子駛上去的時候，整幢大廈，可以看得十分清楚。我們到的時候，天已開始黑，在暮色朦朧中看來，二十多層高的大廈，聳立着，十分壯觀。

將車停在大廈的門口，和小郭一起下了車，大廈還沒有人住，大堂有燈亮着，我們推開玻璃門走進去，小郭大聲叫道：「陳伯，陳伯！」

不一會，一個人從樓梯上走了下來。這個人，自然就是大廈的管理員陳毛。

我第一眼對陳毛的印象，就覺得他的神情很詭異。那是一種很難形容的感覺，或許眼珠太小的人，容易給人家這種印象。

陳毛滿面笑容，他自然認識小郭，叫道：「郭先生！」

小郭道：「我上次想來看房子，不過後來撞了車，所以沒有再來看，高層的單位，賣出去了沒有？」

陳毛皺着眉：「沒有，奇怪得很，這幢大廈，一個單位也沒有賣出去！」

我聽了之後，不禁呆了一呆。因為無論從環境來看，從建築來看，這幢大廈，應該在它還未曾建造完成之際，早已銷售一空，而竟然一個單位都未曾賣出，實在有點不可思議。

不但我在發怔，小郭也感到意外，他奇怪道：「那怎麼會？」

陳毛道：「我也不明白，來看房子的人多得很，可是看完之後，沒有人買。」

我笑道：「那麼，大廈業主不是倒楣了？」

陳毛攤着手：「我們老闆倒不在乎，他錢多得數不清，本來，人家起大廈，總是一有了圖樣，就開始登廣告發售，可是他卻不那樣做，一定要等到房子造好了再賣，現在弄得一層也賣不出去，要是早肯登廣告的話，只怕已經賣完了。」

小郭道：「請你給我高層的鑰匙，我上去看看！」

陳毛道：「天快黑了，我借一個電筒給你！」

他一面將電筒交給小郭，又給了小郭兩柄鑰匙，小郭特地要二十二樓的。

陳毛沒有陪我們一起上去，我和小郭進了電梯，在電梯門快關上的時候，我大聲問道：「電梯中的那一排小燈修好了沒有？」

電梯門雖然立時關上，可是陳毛的回答，我也是聽得到的，他在大聲道：「早已修好了！」

小郭按了「二十二」這個字的掣鈕，電梯開始上升。

我和小郭，當然不會是神經質的人，可是當這架電梯，開始上升的時候，我和他互望了一眼，從神色上，可以看出他多少有點緊張，我想我一定也是。

我們互望了一眼之後，心中所想的，自然都是羅定在這架電梯中的遭遇，是以又不約而同地笑了一下。

我抬頭看那一排小燈，數字在迅速地跳動，一下子就到了十五樓，接着，是十六、十七、十八，到了二十樓，二十一樓、二十二樓。

總共不到一分鐘，電梯到了二十二樓，略為震動一下，門就打開。

我和小郭又互望了一眼，各自聳了聳肩，羅定是一個有着不自覺的神經病患者，毫無疑問了。我們走出了電梯，小郭用鑰匙打開了一道門走進去，已經很黑了，所以小郭着亮了電筒，那大廈設計得相當好，打開了玻璃門，來到陽台上，暮色漸濃中的城市，燈光閃爍，極其美麗。

小郭看得十分滿意，一共有四間相當大的睡房，他也一一看過，然後，他在一間浴室中，洗了洗手，雙手抖着，將水珠抖出，走了出來。

他對我道：「很好，我決定買。」

我笑着道：「一幢大廈，要是完全沒有人光顧，一定是有問題的！」

小郭攤着手：「問題？什麼問題？我一點也不覺得有什麼不好！」

我打趣道：「要是你搬進來之後，只有你一家人住，這不是太冷清了麼？」

小郭笑了起來：「那更好，我就是喜歡清靜。」

我們說笑着，又到了同一層的另一個居住單位，去看了一下，除了方向不同之外，格局完全一樣。

我們又進了電梯，下到大堂，陳毛在下面等我們，小郭道：「很好，我決定做第一個買主，這樣好的房子，沒有人買，真不識貨！」

小郭將鑰匙還給了陳毛，和我一起出去，我先上車，他打開車門，也準備上車，忽然，他「啊」地一聲：「糟糕，剛才我洗手的時候，脫下手表，忘了戴上！」

我笑道：「你的又是什麼好錶！」

小郭道：「值得一輛第二流的跑車，你等一等我，我去拿回來。」

我點了點頭，我全然沒有想到要陪他一起上去，也可以肯定，他一定會很快就會拿了忘記戴的手表回來的。

我看到他又走進大廈，問陳毛取了電筒、鑰匙，也看到他進了電梯。

我在車中等着，打了一個呵欠，和小郭在一起，有過不少驚險刺激的事，只怕以這次，最乏味了。

我竟陪着他一起來看新房子！我聳了聳肩，使自己坐得更舒服一些，塞進了一隻音樂盒，欣賞着一曲「月亮河」。

等到「月亮河」播完，我直了直身子，這首曲子，算它四分鐘，那麼，小郭進去，應該有五分鐘了。五分鐘，他應該回來了！

我按停了錄音盒，向大廈看去，大廈的大堂中仍然亮着燈，管理員陳毛不知道到什麼地方去了。我抬頭，看那幢大廈。

整幢大廈，一點燈光也沒有，在黑暗中看來，實在是一個怪物，給人以很可怕的感覺。

我在這時候，不由自主，想起羅定的遭遇來，但是我隨即自己笑了起來。

小郭去了不過五分鐘多一點，我擔心什麼？

我燃着了一支煙，可是等到這支煙吸了一大半的時候，我有點沉不住氣了，我打開車門，走了出去，來到大廈的玻璃門前，隔着玻璃門，可以看到電梯。

任何電梯，在最下的一層，都可以看到電梯是停在哪一層的，有一排燈，顯示出這一點來，我就是想看看，小郭是不是已經開始下來了。

可是，那一排燈，全熄着，沒有一個是亮的。

那也就是說，我無法知道小郭在哪一層。

我又呆了一呆，推開了玻璃門，大聲叫道：「陳伯，陳伯！」

陳毛又從二樓走了下來，看到了我，奇怪地道：「郭先生還沒有下來？」

我道：「是啊，他上去已經很久了，為什麼這電梯的燈不着？」

陳毛向電梯看了一眼，皺着眉道：「又壞了，唉，經常壞，真討厭！」

我在大堂中來回走着，直到第二支煙又快吸完了，我才道：「不對，陳伯，只有一架電梯？」

陳毛道：「是的，整幢大廈，只有一座電梯！」

我忙道：「後電梯呢？」

很多大廈，尤其像這樣華貴的大廈，通常是設有後電梯的，所以我這樣問。

陳毛卻搖着頭：「沒有，或許這就是賣不出去的原因，很多人都問起過，沒有後電梯，顧客不喜歡！」

我又看着電梯，用力按着鈕，同時，將耳朵貼在電梯門上，我彷彿聽到一點聲響，那像是電梯的鋼纜在移動的聲音，如果我的判斷不錯，電梯不是在上升，就是已經開始在下降。

當然，電梯下降來的可能性大，因為小郭已經上去了那麼久，自然應該下來了。

我耐着性子等着，可是，三分鐘又過去了，小郭還沒有下來。

我向陳毛望去，只見陳毛睜大眼睛望着我，他的臉色很蒼白，看來，神情也格外詭異。

我大聲叫了他一聲，他怔了一怔，我道：「我現在由樓梯上去找郭先生，要是郭先生下來，你千萬記得，要他等我，別再上來找我！」

陳毛瞪着我：「先生，二十幾樓，你走上去？」

我沒有理會他，已經奔向樓梯口，我急速地向樓梯上奔上去。

普通人，用我這樣的速度上樓梯，我相信到了十樓，一定已經氣喘腳軟，但是我是受過嚴格中國武術訓練的人，可以堅持更久，我一層一層奔向上，每奔上一層，我就走出去，看着電梯在哪一層。

倉皇間沒有帶電筒，所以我只好用打火機去照看，每一層的電梯數字電燈，全都不完。

當我奔到了二十樓的時候，開始氣喘，這真是極長的旅程，但我只剩下最後兩層了，我又奔上一層，大叫道：「小郭！」

沒有人住的大廈中，響起了我的回聲。

我再奔上一層，已經到了二十二摟了，我再大叫道：「小郭！」

仍然沒有回音，我用力推那扇門，門鎖着，我用力打着門，一點回音也沒有，我大聲叫着，又拍打着電梯門，因為我想小郭可能被困在電梯內，但是仍然一點回音都沒有，在這時候，我只感到全身發涼，我再奔上一層，又大聲叫着。

仍然一點回音也沒有，我親眼看到小郭走進電梯，而且一直注視着大廈的大門口。

絕無可能小郭出來而我看不到，但是，小郭卻不知道到什麼地方去了，他當然最可能還在電梯中，我感到自己太笨了，我應該打電話叫電梯公司的人來。我一想到這裏，立時又返身奔下樓去。

連續奔上二十幾層樓，那滋味，和一萬公尺賽跑，也不會差得太遠，當我奔到大約是第四五層的時候，我已經聽到下面，傳來陳毛的聲音，他在叫道：「郭先生，你怎麼了？」

我又聽到小郭發出了一下極不正常的叫嚷聲，接着，是好像有人撞中了什麼發出來的聲音。

當我聽到了這些聲音之際，我連跳帶跑下樓。

到了大堂，看到陳毛倒在靠信箱的那一邊牆上，正在掙扎着想站起來。

我連忙過去，將他扶了起來，同時，我也看到，電梯到了底層，門打開着。

我忙道：「郭先生呢？」

陳毛指着外面，一時之間，說不出話來，我立時抬頭向外看去，只見小郭正拉開了車門，進車子去。在那一剎間，我看不清他臉上的神情，不過從他的動作來看，就像是剛殺了人，有上百警察在追趕他！

我大聲叫道：「小郭！」

我一面叫，一面向外奔去，我奔得太急，一時之間，忘了推開玻璃門，以致「砰」地一聲響，一頭撞在玻璃門上。

那一撞，使我感到了一陣昏眩！

這一耽擱，已經遲了，當我推開玻璃門時，小郭已經發動了車子，車子發出極其難聽的吱吱聲，急轉了一個彎，向下直衝了下去！

我追出了幾步，小郭的車子已經看不見了。

有一件事，我是可以肯定的，那便是，小郭的心情，一定是緊張、驚慌到了極點，因為他在開車向斜路直衝下去的時候，根本沒有着亮車燈！

其實，不必有這一件事，他的驚惶，也是可以肯定的了。因為他似乎根本忘記了是和我一起來的，就那樣一個人走了！

當時，我呆立着，一時之間，不知道該如何才好，直到陳毛也走了出來，我才轉過身來。

陳毛的神色也很驚惶，他不等我開口，就道：「郭先生怎麼了？」

我道：「我正要問你，他怎麼了？」

陳毛哭喪着臉：「我在下面等着，等到電梯門打開，他走了出來，我就想告訴他，你上去找他了，可是我話還沒有說出口，他就一下推開了我，我叫他，他大聲叫着，又推了我一下，將我推倒，就奔了出去，那時，你也下來了。」

我道：「他什麼也沒有說？」

陳毛搖着頭。

我又問道：「當時他的神情怎麼樣？」

陳毛翻着眼：「很可怕，就好像……就好像……」

他遲疑着沒有講下去，但是我卻立時接上了口：「就像上次那位羅先生一樣？」

陳毛聽得我那樣說，連連點頭，我不禁由心底升起了一股寒意！和羅定一樣，那也就是說，當他一個人上電梯的時候，電梯一直向上升去，從時間上算來，電梯上升了幾千呎而不停止！

我迅速地吸了一口氣：「陳毛，你搭過這架電梯沒有？」

陳毛也現出了駭然的神色來：「先生，別嚇我，我一天上上下下，不如要搭多少次！」

我望着他，明知這一問是多餘的，可是還是問道：「可曾遇到過什麼怪事？」

陳毛不住地搖着頭。

我又向大廈的大堂走了過去，陳毛跟在我的後面，推開了玻璃門，來到電梯門口，我跨了進去，陳毛想跟來，我揮手令他出去。

我按了「二十二」這個掣，電梯的門關上，電梯開始向上升，電梯的速度相當快，一下子就到了十樓，接着，繼續向上升。

在升過「二十」這個字之際，我的心情變得緊張起來。

可是，我緊張的心情，只不過維持了幾秒鐘，一到亮着了「二十二」字，電梯略為震動了一下，就停了下來，門自動打開。

我走出去，那是一個穿堂，我剛才曾經奔上來過，剛才是那樣子，現在還是那樣子。

我略呆了一會，再進了電梯，使電梯升到頂樓，又使電梯下降，到了大堂。

當電梯門打開的時候，陳毛就站在電梯的門前，他駭然地望着我，然後才道：「先生，沒什麼吧？」

我沒有回答他這個問題，因為我的心中，充滿了疑惑。電梯很正常，根本沒有什麼。

可是，一個叫羅定的人，曾在這電梯裏遇到過怪事，小郭顯然也遇到過什麼，那是為什麼呢？

我低着頭，向外走去，快到玻璃門，我才陡地想起一件事，轉過身來，向仍然呆立着的陳毛問道：「剛才我上去的時候，這一排小燈着不着？」

陳毛點頭道：「着的。」

我推開門，走出去，這一帶很冷僻，我要走下一條相當長的斜路，又等了足有十分鐘，才截到了一輛街車。

當我在等車子的時候，我才知道剛才我在玻璃門上的那一撞，真撞得不輕，額上腫起了一大塊，而且還像針刺一樣地痛。

上了車，我對司機說小郭的住址。

十來分鐘之後，我一手按着額，一手按門鈴，來開門的正是郭太太。

郭太太一看到我，就高興地叫了起來：「太歡迎了，好久不見！」

一聽得她那樣說，我心就一沉，因為這證明小郭還沒有回來。

我忙道：「小郭呢。」

郭太太笑道：「請進來坐，他這個人，是無定向風，說不定什麼時候回家！」

我站在門口，並沒有進去，郭太太可能也看出了我神情有異，她神情變得驚訝，望定了我，我吸了一口氣：「剛才，我和他在一起。」

郭太太更驚訝了，我又道：「我和他一起到那幢大廈去看房子，你記得，就是上次，有一個冒失鬼從斜路上衝下來，撞了你們車子的那幢大廈！」

郭太太點頭道：「當然記得，他怎麼了！」

我苦笑着，我沒有時間對郭太太多解釋什麼，因為我怕小郭會有什麼意外，我還要去找他，我只是道：「我們是一起去的，可以發生了一點意外，他獨自駕着車，急急地走了，我現在去找他！」

郭太太急叫着：「究竟發生了什麼事？」

我已奔到了樓梯口，轉過頭來：「我沒有時間向你多作解釋，因為他駕車衝向斜路的速度，比那個冒失鬼更快！」

我奔下樓梯，還聽到郭太太在叫我，我抬頭大聲叫道：「隨時聯絡！」

我下了樓，又截停了一輛街車。這一整晚，我就指揮着那街車司機，在街上兜着，當然，主要經過的道路，都在那幢大廈和小郭的住所之間。

每逢有電話亭，我就下來打電話，問郭太太，小郭回來了沒有，可是總是郭太太惶急而帶有哭音的回答：「沒有！」

街車司機幾乎將我當成神經病，我又不斷打電話向警方詢問，是不是有車禍。大城市中，每一晚上，都有車禍，這晚也有幾宗，但卻不是小郭。

我又希望能在街上看到小郭的車撞在電燈柱上，可是卻也一直沒有發現。

一直到天快亮，那街車司機道：「對不起，先生，我要休息了！」

我付給他車錢，下了車。

小郭到哪裏去了呢？現在，我已不關心他在那幢大廈的電梯中，究竟遇到了什麼事，我只是關心他究竟到什麼地方去了！

他應該立即回家，要不然，就該回事務所去，然而這兩處地方，我都曾不斷地打電話，一處的回答，是郭太太愈來愈焦急的哭泣聲，另一處，根本沒有人聽。

在我和郭太太通了最後一個電話時，已經是早上八點鐘，我建議郭太太去報警，我實在已很疲倦了，但是我還是再到郭家，陪着神情憔悴的郭太太，一起到警局去報案，報告小郭的失蹤。

警局裏我的熟人不少，幾個高級警官都和我打招呼，我沒有心情回應他們，等到問完了所有的話，一個警官走過來，道：「有一輛汽車，浮在海邊，我們正在打撈，車牌號碼是——」

他說出了車牌號碼，我陡地呆住，而郭太太張大口想叫，可是未曾叫出聲來，已經昏了過去。

接下來的忙亂，真叫人頭昏腦脹，郭太太被送進醫院，我趕到海邊，海邊擁滿了看熱鬧的人，一艘水警輪停在海面上，一艘有起重機的躉船，正將一輛汽車，在海中慢慢吊起來，海水從車身中湧出來。

我也覺得眼前一陣發黑，要是小郭在慌亂中開車，直衝進海中，就此淹死，那實在是太可惜了！

由警方安排，到了躉船上，汽車已經移到了甲板上，裏面沒有人，車子的門，關得好好的。

那位警官透着奇怪的神色，伸手去開車門，車門竟全鎖着，看來，好像是小郭將車子駛進了車房，鎖好了所有的門，然後才離去一樣，但是事實上，車子卻是在海中被撈起來的。

我也覺得很奇怪，同時，心中也不禁一陣慶幸，因為從這樣的情形來看，車子墮海的時候，小郭不在車子中！

因為決不會有可能，連人帶車，一起跌進海中之後，人有辦法離開車子，再回頭將車門一一鎖上的。

第三部

離奇的失蹤

那警官回頭，吩咐他的手下，立即通知在醫院中的郭太太，郭先生在車墮海的時候，不可能在車上，我走向前去，看那輛車子。

這輛車子，就是由小郭駕着，和我一起去到那幢大廈的那一輛，車中全是水，車匙也不在車內。

我無法想像車子怎麼墮海，而且，這也不是我所關心的事，我所關心的是：小郭究竟到哪裏去了？

我所關心的這一個問題，三天之後，成了報上的頭條新聞，也成為許多人所關心的事。因為小郭自那天晚上，駕車衝下了斜路之後，一直沒有再出現。

警方傾力在找他，他本身是一個成功的偵探，主持着一個龐大的偵探事務所，手下有許多極其能幹的助手，也傾全力在找他。

在那麼多人尋找之下，不是誇張，就算走失了一頭洋鼠，都可以找回來的，可是，小郭卻連影子都不見。

小郭的那隻名貴手表，在那幢大廈二十二樓一個單位的浴室中被發現，他本來是為了要取回這隻手表，才又單獨搭電梯上樓去的，這隻手表仍然留在浴室中，說明他再上去之後，根本沒有進過那個單位，不然，手表就不會留在那裏了！

陳毛沒有嫌疑，因為我親眼看到小郭衝出去，駕車駛走。看來，最有嫌疑的人是我，但是傷心焦急欲絕的郭太太，卻力證我和小郭之間的友誼，絕不可能是我害了小郭。

紛亂地過了五天，當我有機會一個人靜下來的時候，我才再次想起羅定的遭遇來。

需要補充一下的是，當時，久候小郭不下，以及看到小郭用如此倉皇的神情衝出大廈去的時候，我就想到了羅定的遭遇。

但是，在接下來幾天的調查之中，我卻始終沒有將我的想法，告訴過任何人。因為羅定的遭遇，在撞車之後，警方也知道，不用我提起，而且，這種荒誕的事，也根本不能作為正式查案的根據。

更而且，在事情發生之後，我又在那幢大廈之中，乘搭這架電梯，上上下下好幾次，一點也沒有什麼異樣。

但是，我終於還是想起了羅定的遭遇來，因為小郭的失蹤，實在太離奇，離奇到了使我想到，不能循正常的途徑去找他，而其中，一定有着我們做夢也想不到的古怪變化在內！

於是，我決定去拜訪羅定。

我到他服務的那家公司，那是一個很大的商業機構，職員在工作時間，不能接見私人關係的客人，好在我有一家出入口行，通過了安排，我以商量業務為名，在那個大機構的會客室中，看到了羅定。

在表面上看來，他很正常，約莫四十多歲，大機構中的高級職員，受過一定的教育，有一定的生活方式，他是這一類人中的典型，除了他臉頰上的那兩道初癒的疤痕——那是他和小郭撞車之後留下來的。

羅定也不知道我的真正來意，我和他先討論了一下業務上的問題，他很爽快地告訴我，他們不可能給我任何幫助，於是我話鋒一轉：「羅先生，聽說你有一次，在一幢大廈的電梯中，有過很可怕的經驗？」

羅定的臉色一下子變了，站了起來，若不是他的教養，止着他發脾氣，我相信他一定暴跳如雷。

他臉色煞白地站着，過了好一會，才道：「衛先生，再見了！」

我立時又道：「羅先生，還記得你撞了他車子的那位郭先生嗎？」

羅定又陡地震動了一下：「是的，他失蹤了！」

郭大偵探失蹤的新聞，十分轟動，他自然知道。

我又道：「他失蹤的經過，你自然也知道了？當時，我和他在一起，有一件事我沒對人提過，提了也不會有人相信，那就是，郭先生從進電梯到出來，至少有十五分鐘之久！」

羅定的神色變得更加慘白，他喃喃地道：「不止十五分鐘，真的不止！」

我趁機問道：「情形怎麼樣？在這十五分鐘，或者更長的時間內，電梯一直在上升？」

羅定的神情，是如此之恐懼，他的面肉在抽搐着，眼睜得老大，甚至瞳孔也擴張着，上下唇在一起發着顫，他那種神情，使我有不忍心再問下去之感，但是我卻必須明白真相。

他過了好久，才道：「是的，電梯一直在上升，一直在上升。」

我站了起來，來到他的面前，直視着他，我希望他表現得鎮定一點，因為我確確實實有許多問題想和他好好談一談。

我道：「羅先生，我們全是成年人，而且，全是神經正常，而又受過教育的人，你認為有這個可能嗎？近二十分鐘，電梯可以上升幾千呎了！」

羅定失神地喃喃道：「我不知道，我不知道。」

我又問道：「那麼，羅先生，在電梯終於停下來之後，又發生了一些什麼事呢？」

我以為，我這一問，勾起羅定回憶起他的遭遇來，他一定會更驚惶恐懼，甚至會支持不住的了。可是，出乎我的意料之外，他反倒立時鎮定了下來，他道：「沒有發生什麼！」

他在講了這一句之後，好像覺得自己那樣講，有一點不妥當，所以又道：「那以後發生的事，我在醫院對很多人講過，郭先生也知道，我不想再說了！」

他在電梯終於停下來之後，我是聽小郭講超過的，那便是，他進了一個居住單位，到了陽台上，望出去，上不着天，下不接地，只是灰濛濛的一片。

本來，我是絕沒有理由不相信小郭的轉述的。而這時，我也不是不相信小郭的轉述，我只是對羅定的原述起了懷疑。

我有一種強烈的感覺，感到羅定一定隱瞞了什麼，而且，我可以推測得到，他所隱瞞的事，是電梯終於停下，他出了電梯之後發生的！

這一點，從我一問起他以後發生了一些什麼事，他忽然變得鎮定，以及他先說「沒有什麼」，後來又作了補充，但仍然言詞閃爍，說不出所以然這一點上，可以看得出來。

這時，我自然不便直接指出這一點，我只好問道：「羅先生，你能不能對我再講一遍呢？」

可是，羅定卻已然下了逐客令，他道：「對不起，我很忙，你的公事已經談完了！」

我仍然道：「那麼，在私人的時間之中，是不是可以和我談談這件事？因為小郭是我最好的朋友，我要知道在他身上發生了什麼事！」

羅定很不自然地笑了起來：「我的事，醫生已經對我解釋過，那是因為繁忙緊張的都市生活，使我神經過度緊張而產生的一種精神恍惚現象，我同意這個說法，郭先生失蹤的事，不會有什麼關連，請你以後別再來麻煩我了！」

他是在推搪，而他推搪的目的，顯然是為了掩飾他所隱瞞的一些真相。那些真相，對小郭的失蹤，一定是有着很大的關連，我自然不肯就此停止。

不過這時候，我已無法再和他交談下去，因為他已經大踏步向門外，走了出去。

我看着他走了出去，也只好走出去，可是我有耐心，我在那商業機構的樓下，停車場中，我的車中等着，等到了下班的時間。

很多高級職員下班之後，到停車場來取車子，我看到了羅定，他看來和別人，並沒有什麼不同，而且，看他的樣子，決沒有注意我。

我看着他上了車子，駕着車子離去，然後，我便跟着他也駛出了停車場。

老實說，這時我跟蹤他，可以說沒有什麼目的。我想找尋小郭，那和羅定可能完全沒有關係。

但是我覺得，如果我對羅定的確實遭遇，有進一步了解的話，可能在毫無頭緒之中，會找到一絲線索。

車輛很擁擠，我有時離羅定的車子較遠，有時離得他很近。

車向東駛，不多久，路上較疏了一些，我仍然跟着他，我看到他在一家麵包店前，停了停車，麵包店中人，拿着一個紙盒給他，他接過紙盒，又繼續駕車向前。

這自然不值懷疑，紙盒中不是蛋糕，就是麵包，可能是他自己吃，也可能是他每天順道買回去，給孩子當早點，這是一個正常家庭父親的正常行動。

羅定的車，停在一條橫街上，他下車，有幾個人和他打招呼，他一定住在這條街上。

我也停下車，看着他，他走進一幢三層高的房子，這種房子，是沒有電梯的。他走進屋子的時候，看來絕對正常，一點也沒有可疑之處，這使我不想下車繼續跟蹤他，因為他説過，叫我別再找他的麻煩。

可是，除了在他身上，可以找到一點小郭失蹤的線索之外，沒有別的辦法了。

在車中，我想了很久，才決定下車，也走進了那房子，我知道他住在三樓，我一直走上去，到了三樓，那裏一共有兩個居住單位，其中有一個，門口釘着一塊銅牌，銅牌上刻着「羅宅」兩個字。

我按鈴，來應門的，正是羅定。

羅定一看到了我，立時沉下了臉：「衛先生，你這算是什麼意思？」

我自然知道自己的行動很不對頭，是以我只好低聲下氣：「羅先生，我是來求你幫助我！」

羅定的臉拉得更長：「我不能幫助你什麼，我警告你，千萬別再來騷擾我！」

我聽得屋子裏有女人的聲音在大聲問：「什麼人啊？」

羅定回答道：「我也不知道，一個討厭的傢伙！」

他一面說，一面用力關上了門。

在門快要砰然關上之際的一剎那間，我一時衝動，真想撞門衝進去！

但是我沒有那麼做，我只是在門前，又默默站了一會，便轉身走下樓梯。

第二天，一早，一位警官就將我吵醒，那位警官以很嚴肅的神情警告我：

「我們接到投訴，說你在騷擾一位羅先生。」

我呆了一呆，苦笑了一下：「我只不過向他問一些問題，希望能夠找到線索，尋找失蹤的郭……」

我講到這裏，那警官已揮了揮手，打斷了我的話題：「那位羅先生接受了醫生的勸告，然後來向我們投訴，他來投訴的時候，帶來了一張醫生的證明書，證明他極度神經衰弱，任何騷擾，對他都會產生極其不利的影響，所以請你停止一切對他的行動！」

我又呆了片刻，才冷笑着：「事實上，這位羅先生的神經早有毛病了，並不是我使他神經衰弱的，我想你也知道他在那大廈，電梯裏的故事？」

警官攤了攤手：「那是他的事，總之，他不希望有人麻煩他！」

我只好答應：「好的，不過我希望你回去，對傑克先生提一提，我認為這位羅先生，他心中蘊藏着一項秘密，而這項秘密，對小郭的失蹤有幫助。」

警方的傑克上校，是專門負責處理性質極其特殊的案件的，我知道小郭的失蹤案已經交到了他的手中。

我和傑克上校，可以說是再熟也沒有了，可是一直以來，自從我第一次和他見面起，直到現在，都維持着這樣的一種關係——除非是在某一種場合之下，大家見了面，不然，我不會去找他，他也不會來找我。這自然是由於我和他兩個人，都是主觀極強的人，一見面，除了爭執，幾乎沒有別的事。

那警官聽我提到了傑克上校，他立時道：「對了，我來找你之前，上校曾召見我，交代我幾句話。」

我揚了揚眉。

那警官道：「上校請我轉告，他知道你和郭先生手下的職員，正在努力，不過，他說，你們不必白費心機了，要是警方找不到郭先生，你們也找不到！」

我笑了起來，我沒有想到，我和傑克上校之間的關係，會發展到不必見面，也可以起爭執的地步，然而我又沒有法子不作回答。

我立時道：「謝謝他，也請你轉告上校，要是我們找不到郭先生，警方也找不到！」

那警官帶着一種無可奈何的神情離去，我在他離去之後，幾分鐘也出了門，到了小郭的偵探事務所之中。

在小郭失蹤之後，我幾乎每天都來，而且在無形之中，成為這間偵探事務所的主持人。

當然，我主持這間偵探事務所，和小郭在主持的時候不同，我們拒絕接受任何案子，而集中力量，專門偵查小郭的下落。

我才坐下來，兩個能幹的職員就來向我報告，他們是我派去，在小郭住宅外，日夜二十四小時，不停守護郭太太的八名職員中的兩個。

我之所以那樣做，是因為我想到，如果小郭的失蹤，是因為他在某一件案子的偵查中，和什麼有勢力的犯罪組織結下冤而種下的因，那麼，小郭有麻煩，郭太太也可能有麻煩。

我甚至於期望着，會有人去找郭太太的麻煩。因為那樣，我就可以在毫無頭緒的情形下，獲得線索。

可是，那八個職員的每一次報告，都是令我失望的，郭太太在家裏靜養，除了不斷有人去探望她，慰問她之外，她沒有任何麻煩。

我深信，這一段日子之中，最難過的是郭太太，但是我想不出什麼話去安慰她，我所能做的是：盡我的一切努力，將小郭找出來——如果他還在世上的話。

小郭的失蹤，實在太離奇和不可思議，最不可能的是，在海中撈起來的汽車，車門上着鎖，我推斷，小郭是在半途中遭了意外，然後又有人將他的車子鎖上門，推進海中去。

那麼，遭受的是什麼意外呢？

傑克上校託那警官帶口訊給我，叫我不必瞎忙，但是我相信，我們所努力的，和警方所努力的，完全不同，警方絕不會花功夫在我們所做的這些事上。

我吩咐了那兩個職員，繼續進行保護郭太太的工作，然後，另外一個職員，拿着一大疊文件進來：「我們很花了一些功夫，才找到這幢大廈的原設計圖樣，全部資料都在這裏了。」

我向他們點了點頭：「暫時不要來麻煩我！」

我打開那疊文件的第一頁之際，我心中自己也不禁懷疑：從研究這幢大廈入手，是不是可以使失蹤的小郭出現？

我開始研究建築圖樣，看來，這是很普通的設計圖樣，沒有什麼特別，最特別的一點，或許就是這幢大廈，只有一部電梯。

我在眾多的文件中，找到了一張小紙，紙上寫着一行字，使我呆了半晌。那一行字是：「原有三部電梯設計取消，遵業主意見，改為一部。」

那一張紙，是複印機所使用的那種，當然，字迹也是複印出來的。我呆了一呆，忙又將全部文件翻抄了一遍，這張字條令人起疑。

在這張字條上，有一個簽名，可是卻無法從潦草的簽名式中，辨認出簽名者的姓名。

我盡量鎮定，就字條上簡單的語句，作一個設想。

我的設想是：字條上的所謂「業主」，自然是這幢大廈的業權所有人。普通的程序是先有了一幅地，然後成立一個置業公司，然後，請建築師設計建築圖樣，然後再招商承建，再通過一連串的活動，將建成的大廈，一個單位一個單位賣出去。

這種程序是不變的，我在字條上的那兩行字中，可以推測得到，原來的大廈設計，有三部電梯，可能是兩部在大堂中，一部在後門，是後電梯，這樣的設計，是正常的。

可是，業主卻否定了正常的設計，而一定要改為整幢大廈，只有一部電梯。那不正常，任何建築師都可以知道，那不正常！但是如果業主一定堅持的話，建築師只好照做。我現在看到的那一大疊圖樣，自然是照業主的意思，重新設計的。

它直到造好，一個單位都賣不出去，這一點，可能就是因為它只有一部電梯，房子賣不出去，業主蒙受損失。

問題是：為什麼這幢大廈的業主，堅持整幢大廈，只要一部電梯？

這實在不是用常理所能講得通的事，其中一定有着某些特別的原因，尤其，羅定曾自述，在這部電梯中，曾發生過那樣的怪事，而且我相信，在小郭一個人上去，想取回他的手表之際，可能也有過和羅定相同的怪異遭遇，不然，以他的為人，決計不會如此慌張、失常地離去，而且從此一去不知所終。

這一張字條的發現，太重要了。

當我想到了這一些之後，我先在圖樣的角落上，看了看設計者的名字，那上面印着「陳圖強設計師事務所」，和它的電話、地址。

我按下對講機掣，請那兩個職員進來，吩咐他們：「你們盡快去查一查，這幢大廈的大業主是什麼人，我現在出去，我會打電話回來問你們！」

那兩個職員聽着，等我講完，他們互望着，臉上現出不以為然的神情來，一個口唇動了動，沒有說什麼，另一個則道：「衛先生，這幢大廈的業主是誰，好像和郭先生的失蹤，沒有——」

我揮手，打斷他的話頭：「沒有直接的聯繫，是不是？」

那兩個職員點了點頭，一起望着我，顯然，他們急於要聽我的解釋。

我略停了一停，這件事，真有點不知如何解釋才好的感覺，但是我終於道：「郭先生的失蹤，不是一件普通的事，其間一定有着極其神秘的、不可知的因素在，我們要從每一個線索去追尋——」

我講到這裏，站了起來，走向他們，在他們的肩頭上，各拍了一下：「照我的話去做，我希望我第一次打電話回來，就有結果！」

我一面說，一面走向門口，當我來到門口之際，我才轉過身來：「你們不必去問陳圖強建築師事務所，我現在就去見這位建築師，如果他知道業主是誰的話，那當然最好不過了！」

我走了出去，雖然那兩個職員答應着，但是從他們的神情上，我可以看得出來，他們仍舊不以為然。

我步行過擁擠的街道，走進一幢大廈，擠進了電梯，又擠出電梯，推開了陳圖強建築師事務所的門，走了進去。

這間建築師事務所的規模相當大，工作人員很多，當我向其中一個工作人員表明來意之後，他將我帶到一位女秘書面前。

那位秘書小姐戴着玻璃極厚的近視鏡，又瘦又乾，她先抬頭望了我一眼，然後，立時低下頭去，繼續看她的小說：「什麼事？」

我道：「我想見陳圖強建築師。」

秘書小姐道：「事先有約定沒有？」

我搖了搖頭，但是我立即想到，她低着頭在看小說，是看不到我搖頭的，所以我道：「沒有！」

她老大不耐煩地放下小說，取出一本簿子來，翻了一下，問道：「姓名。」

我只好報上名字：「衛斯理。」

她在其中一行，寫上了我的名字，又道：「求見事由？」

我皺了皺眉：「是一件很複雜的事，不是一兩句話能講得清楚的！」

秘書小姐連頭也不抬：「行了！」

我不知道她說「行了」是什麼意思，但是我卻看到，她在簿子上，又寫了「不明」兩字，這真有點令我啼笑皆非，然後她又問道：「電話？」

我道：「小姐，我要見陳圖強設計師，他在不在，如果他在，請你通知他！」

秘書小姐總算又瞪了我一眼，不過語音仍然是冰冷的：「陳先生很忙，來見他的人，都要預約時間，你的時間是後天上午十時，給你二十分鐘，遲到是你自己的事情，行了！」

她合上了簿子，我不禁笑了起來，大聲道：「嗨，他只不過是建築師，不是皇帝，是不是？」

秘書小姐冷若冰霜：「這是我們這裏的規矩。」

我剛才的大聲説話，已然引起了很多職員的注意，我攤了攤手：「好，可是我有急事，我要問他一件很重要的事！」

秘書小姐像是絕無商量的餘地，冷冰冰地道：「後天上午早點來。」

我不再和她多説下去，挺直了身子，在她的身旁走過，直向鑲有「建築師陳圖強」的那房門走去，秘書小姐大聲叫道：「喂，你做什麼？」

我在門前站定：「或許你要去配一副助聽器，我講過三次了，我要見陳先生！」

我的話引起了哄堂大笑，秘書小姐的臉漲得通紅，而我已經推開門，走了進去。

門內是一間相當華麗的辦公室，我立時看到，一個頭髮已然斑白的中年人，正在一張辦公桌之後，在審閱着一大批文件。

當我出現在門口的時候，他抬起頭來看我，臉上現出十分驚訝的神情，我聽到秘書小姐的叫聲，在我身後傳來，我立時道：「對不起，陳先生，我沒有得到你秘書的同意，但是我有重要的事，必須見你。」

那中年人站了起來，帶着笑容：「請進來。」

當我走進去的時候，秘書小姐也出現在門口，滿面怒容，那中年人立時道：「施小姐，請將門關上，這位先生說有重要的事和我談！」

那位小姐，一臉的悻然之色，略停了一停，但還是將辦公室的門關上了。

這種僱主和僱員之間的關係，相當少見，當然，我也沒有興趣去多作追究，我只是趨前，和對方握手，自我介紹，對方就是陳圖強建築師。我在他的對面坐了下來，他望着我，我已經想好了怎樣開始，是以我沒有說什麼廢話，立即就道：「陳先生，我知道你設計過許多大廈，但其中有一幢，你對它一定有極深刻的印象。」

陳圖強以疑惑的眼光望着我，我是連續說下去的，我道：「這幢大廈，原來設計三部電梯，後來，業主堅持要改為只有一部電梯，於是，你只好遵照了業主的意見，更改了你原來的設計！」

陳圖強用心聽我講着，我的話才一出口，他就接上了口：「不錯，我記得這幢大廈，它已經完成好久了？」

我點頭道：「是，完成很久了，但是一層也沒有賣出去，全部空着。」

陳圖強搖着頭：「當時，我就警告過他，改變設計沒有問題，唯一的後果就是，這幢大廈會沒有人要，但是他不肯聽我的話。」

陳圖強口中的「他」，自然是指那幢大廈的業主而言，看來，我進行得還算是順利，因為陳圖強對那幢大廈印象，十分深刻。

第四部

享清福的老人

我又道：「業主堅持要更改設計，是不是有什麼特殊的理由？」

陳圖強搖着頭：「沒有，或者他有特殊的理由，但是他卻沒有告訴我！」

他講到這裏，略頓了一頓，才又道：「怎麼，這幢大廈，有什麼問題？如果因為電梯不足而賣不出去，那是很難補救的了！」

我笑了笑，道：「我並不是代表業主而來的，我只是想知道這位業主是誰！」

建築師略呆了一呆，並沒有立即回答我。

我忙道：「是不是因為業務秘密，所以不能告訴我，他是誰？」

我心中在準備着，如果他的回答是肯定的話，那麼，我就將羅定的事，小郭的事，源源本本，講給他聽，看來他對這件事，一定也會感到興趣，那麼，他一定肯告訴我的了。

誰知道我料錯了，陳圖強在略呆了一呆之後：「這件事，現在回想起來，我還覺得奇怪，因為自始至終，我都不知道他叫什麼名字，只知道他姓王，每次都是他來找我，我也不知道他住在什麼地方，所以，實在無法回答你這個問題！」

我略怔了一怔，道：「那麼，你記得他的樣子？」

建築師點頭道：「記得，一個又瘦又乾的老頭子，看樣子很有錢，錢多得可以由得他的性子去固執！」

我站了起來：「謝謝你的接見，陳先生！」

陳圖強又和我握手，我一面想着，一面打開門，走了出去，那位秘書小姐，還惡狠狠地瞪着我。

找特地向她作了一個鬼臉，然後，向一個職員示意，借用一下電話。

我打電話回小郭的事務所，找到了職員，道：「你們問了業主的姓名地址沒有？」

我得到的回答是：「找到了土地所有者的姓名，業主則是以建築公司的名義登記的。」

我道，「好，土地業主是不是姓王？」

「是的，王直義，住址是在郊外，七號公路，第九八三地段，一處叫『覺非園』的地方，大概是一所別墅。」

我點頭道：「很好，我現在就去見那位王先生！」

我放下電話，離開了建築師事務所，我覺得自己的收穫着實不小，在見到了那位業主之後，我至少可以知道，他為什麼堅持要更改三部電梯的設計了！

我駕車直赴郊區，七號公路是郊區主要的一條支線，直通向一座霧很濃的山上，山上零零落落，有幾間屋子，車子愈駛愈高，太陽光從雲層中射下來，形成一道又一道的光柱，景象很是雄偉。

在駛上了山路之後二十分鐘，我看到了一列磚牆，牆上覆着綠色琉璃瓦的檐，然後，我看到了氣派十分雄偉的正門，在門口，有着「覺非園」三個字。

我停下了車，這一座「覺非園」很大，佔據了整個山谷，圍牆一直向四周伸延着，在門外，我也無法看到牆內的情形。

我來到門前，門是古銅的，看來沉重、穩固，給人一種古舊之感。

單從這一扇門來看，也可以想到，住在這裏面的老人，一定是固執而又守舊的一個人了！

我略想了想，就尋找門鈴，可是找了片刻，這夠氣派的大門，竟沒有門鈴，我只好抓起門上的銅環，用力在銅門上碰着。

山中十分靜，碰門的聲音，聽來也很震耳。

大約在兩分鐘之後，我才聽到門內，響起了「咔」地一聲，接着，大門上出現了一個小方洞，一張滿是皺紋的臉，從方洞中現出來，向我打量着，問道：「什麼事？」

我道：「我要見王直義王老先生。」

那張臉上，現出了疑惑的神色來，又望了我片刻，才道：「什麼事？」

我早已想好了的，我道：「我是一個建築商人，有意購買他建造的那幢大廈。我姓衛。」

那張臉仍然貼在小洞口，然後道：「請等一等。」

接着，小洞就關上，在這樣的情形下，我除了遵從吩咐，在門外等着之外，實在沒有別的辦法。

我退開了兩步，來回踱着，時間慢慢過去，至少已過了二十分鐘，大門內外，仍然是靜得一點聲音都沒有，我有點不耐煩了。

我來到門前，正當我想再抓起銅環來敲門之際，大門忽然打了開來。

門一開，我看到站在門內的，仍然是那個人，他穿着一身灰布短衣，看來像是僕人，他道：「請進來，老爺在客聽等你！」

我點了點頭，抬頭向前望去，不禁深深地吸了一口氣。我所看到的，是一個經過精心布置的，極得中國庭院布置之趣的大花園。在我的經歷之中，一望之下，能與之相比的，大約只有蘇州的「拙政園」了。

首先看到的，是數十株盤虬蒼老的紫藤，造成的一個小小的有蓋的走廊，到處是樹、花、碎石鋪成的路，甚至看到了幾對仙鶴。

一直經過了許多曲折的路，才看到了屋子，那位老僕，跟在我的身邊，不論我問他什麼，他總是不開口，以致後一段路，我也不再出聲。

直到看到了屋子之後，我才不由自主，發出了一下讚歎聲來，突然之間，我覺得時簡彷彿倒退了幾百年，那種真正屬於古代的建築，現在早看不到了！

真正古代的建築，和看來古色古香，實際上只是要來取悅西方遊客的假古董，絕不相同，走進了大廳，那種寬敞、舒適的感覺，叫人心曠神怡。

這個大客廳中的一切陳設，全是古代的，那位老僕請我在一張鑲有天然山水紋路的大理石的椅子上坐下來，然後他離去，不一會，又端出了一杯碧青的茶來：「請你等一會，老爺就出來了！」

他講完這句話之後，就退了出去，整座屋子，靜得幾乎一點聲音也沒有，只有有時一陣風過，前面的幾叢翠竹，發出了一些沙沙聲，聽來極其悅耳。

我大約等了二十分鐘，這二十分鐘，我倒一點也不心急，因為掛在廳堂上的書、畫，再花十倍時間來欣賞，都欣賞不完。

我聽到了腳步聲，轉過身來，看見一個身形中等，滿面紅光，精神極好，但是手中卻拄着一根拐杖的老者，走了進來。

我望着那老者，他也打量着我。

當我望着那老者的時候，我心中不禁在想，這位老先生，要是穿上古代的寬袍大袖的服裝，那麼，看來就更適宜這裏的環境了！自然，這位老先生，穿的是長衫，看來頗有出塵之態。

他看了我一會，走向前來：「我是王直義！」

我向他恭敬地行了一禮，同時心中，也暗暗感到，陳圖強形容一個人的本領，實在差得很，至少根據他的形容，我絕對無法想像出這位王直義先生，竟是如今出現在我眼前的這個樣子。

我道：「王先生，打擾你了，你住在這裏，真可以說是神仙生活！」

在過慣了囂鬧的城市生活的人而言，我的這句話，倒絕不是過度的恭維。

王直義淡然笑着，請我坐下來。

那位老僕又出來，端茶給他的主人。

我們先說了一些不着邊際的話，然後，還是王直義先開口：「衛先生，你對我的那幢大廈有興趣？」

我忙道：「是的，這幢大廈的地段相當好，不應該造好了那麼久，連一層也賣不出去的。」

王直義聽得我那樣說，只是淡然地笑了一下：「反正我現在的生活，還不成問題，既然沒有人買，就讓它空着好了！」

我聽得他那樣講，不禁呆了一呆，同時也知道，如果我不是很快地就切入主題的話，只怕這一次要白來了！是以我直了直身子，道：「王先生，我來見你之前，曾見過這幢大廈的設計師，陳圖強先生。」

王直義點頭道：「是，我記得他。」

我直視着對方：「這幢大廈原來的設計有三部電梯，可是在你的堅持之下，改為一部！」

我講到這裏，故意停頓了一下，來觀察對方的反應，但是，王直義神情平淡，好像這件事，根本不值得大驚小怪提出來一樣。

我只好直接問道：「王先生，你要改變原來的設計，可有什麼特別的原因？」

王直義仍然只是淡然笑着：「我不喜歡現代的東西——」

他一面說着，一面攤手向四周圍指了一指，又道：「電梯太現代：將人關在一個籠子裏吊上樓去，人為什麼自己不走呢？人有兩條腿，是要來走路的！」

他這樣回答我，倒令我難以接得上口。從他居住的環境、生活的方式而論，他的回答很合理，我找不出什麼話來反駁他。

然而，我總覺得，關於這幢大廈，一定還有點什麼奇特古怪的事，是我所不知道的，我總應該在對方的口中，獲得些什麼才是。

我勉強笑了笑：「王先生，你這幢大廈，有二十幾層高，總不見得希望住客走上走下吧！」

王直義微笑着：「那算什麼，古人住在山上，哪一個不是每天要花上很多時間去登山的？而且，現在我也還保留了一架電梯！」

我又道：「大廈落成之後，你去看過沒有？」

王直義道：「去看過一次，只有一次，我不喜歡城市，所以不怎麼出去！」

我立時道：「可是，你卻和陳圖強建築師，見了幾次面，這好像——」

我本來想說：「這好像和你剛才所講的話，有點自相矛盾。」他的話，前後自相矛盾，是很明顯的，如果他真的那麼厭惡城市的現代生活，那麼根本上，他就不應該想到要在市區起一幢大廈。

如果他想到了要起大廈，能夠幾次去見建築師，那麼，也決不會為了厭惡城市的理由，而在大廈落成之後，只去看過一次！

可是，我那句話卻並沒有講出口，因為我的話還未講完，就發現他的目光閃爍，那是一種隱藏的憤怒的表示，在剎那之間，被人窺破了什麼秘密，就會那樣。

雖然他這種神情一閃即逝，但是也足以使我想到，我的話可能太過分了。而他，仍是淡然地道：「房子造好了，有人替我管理，我自然沒有必要再去多看，衛先生，如果你有興趣的話，可以將它買下來。」

我望着他：「王先生，老實說，你那幢大廈，我去過好多次，雖然我自己沒遇到什麼，可是有兩個人，卻相繼在電梯中，遇到了怪異的事，其中一個，已經因此失蹤了好幾天，是我的好朋友！」

王直義用奇怪的神色望定了我：「怪事？在電梯中，什麼怪事？」

我道：「他們進了電梯之後，電梯一再不停地上升，升到了不知什麼地方！」

王直義先生呆了一呆，接着，「呵呵」笑了起來：「我不明白你說的是什麼，電梯要是不上升，要它來有什麼用？」

我做着手勢：「電梯當然是上升的，可是，它上升的時間太久，我的意思是——」

講到這裏，我又停了一停，因為我發覺這件事實在很難解釋得明白，我只好問道：「王先生，你當然是搭過電梯的，是不是？」

我想，我是一定可以得到肯定的答案，那麼，再往下說，也就容易得多了。

誰知道王直義搖着頭：「對不起，我從來也沒有乘過電梯！」

我陡地一呆，一個現代人，沒有乘過電梯，那簡直不可能，我忙道：「你說曾經去看過你自己的大廈，也曾經幾次去見建築師——」我的話還未曾義完，王直義就點着頭：「是，不過我全是走上去的。」

一時之間，我不知怎麼說才好，而王直義接下去的話，像是在解釋我心中的疑問，他又道：「我不搭電梯，還有一個原因，是我很有點怕那種東西，人走進去，門關上，人就被關在一個鐵籠子裏面，不知道會被送到什麼地方去，那是很可怕的事！」

我只好苦笑了起來。

對一個從來也未曾乘過電梯的人，你要向他解釋如同羅定那樣，在電梯中發生的怪事，那是不可能的，因為他對電梯毫無認識。

看來，我這次又是一點收穫都沒有了！

我神情沮喪，暗自歎着氣，站了起來：「真對不起，打擾了你隱居的生活，我告辭了！」

王直義望着我：「等一等，你剛才提及你的一個朋友失蹤，那是怎麼一回事？」

我只好隨口道：「不知道他在電梯中見到了什麼，他一個人上去，我在下面等他，好久未見他下來，後來，他衝了下來，駕車離去，就此失了蹤。」

我知道講也沒有用，是以只是順口說着，而看來王直義也只是因為禮貌，所以才聽我說着，這一點，從他那種漫不經心的神態上，可以看得出來。

我講完了之後，他也是不過「哦！」地一聲，表示明白了我的話，接着，他也站了起來。

當他站起來之後，他叫道：「阿成，送衛先生出去！」

那老僕應聲走了進來，在那一剎間，我的心中，陡地又升起了一絲疑惑，我問道：「王先生，你的家人呢？也住在這裏？」

王直義淡然地微笑着：「我沒有家人，只有我和阿成，住在這裏。」

我沒有作聲，向外走去，到了快要跨出客廳的時候，我才轉過身來：「王先生，在最近幾天之內，我或者還會來打擾你一次！」

王直義皺着眉，態度很勉強，然後才道：「可以，隨時歡迎你來！」

我向他道謝，向外走去，那位叫阿成的老僕，仍然跟在我的身後，直將我送出大門，大門在我身後關上，我向車子走去，適才在我心中升起的那一絲疑惑，這時變得更甚了。

我所疑惑的是，這屋子的花園如此之大，那個老僕，一定有很多事要做，如果屋中只有他們兩個人的話，除非剛才我來的時候，老僕阿成，恰好是在離大門不遠處，不然，他怎聽得到有人敲門？

雖然，銅環打在門上的聲音很響亮，然而我也可以肯定，如果他們兩人，都是在屋子中的話，那麼，是決無法聽到敲門聲的。

我的疑惑，又繼續擴展，擴展到認為王直義一定也有什麼事瞞着我！

當我坐上車子之後，我不禁長長歎了一口氣，心中在忖，為什麼所有的人，看來都像有事瞞着人呢？羅定給人這樣的感覺，王直義也給人這樣的感覺。

雖然那只不過是我的感覺而已，我沒有任何證據，可以證明他們有事瞞着，但是我的感覺，卻又如此之強烈！

心不在焉地駕着車，不一會，回過頭去，「覺非園」已經看不見了。我心中又在想，王直義一定是一個大富翁，他也不失為一個懂得享清福的人，可是，像他那樣的人，為什麼忽然又會想去建造一幢大廈呢？

我又歎了一聲，疑問實在太多，而我的當務之急，是尋找失蹤的小郭。或許，那兩個職員的態度是對的，我走錯路了，我拚命在虛無縹緲的想像中，想找到答案，那對小郭的失蹤，一點幫助也沒有。

進了市區之後，車子、行人，全部擠了起來，好不容易，回到了小郭的偵探事務所，我才推開門，幾個職員便一起道：「衛先生，你回來了！」

從他們的語氣和神情來看，他們一定有極要緊的事在等我，我忙道：「什麼事？」

一個職員道：「警方的傑克上校，打了十七八個電話來找你，要你去見他。」

我揚了揚眉，道：「他沒說什麼？」

另一個職員道：「他沒說，不過我們已經查到了，那幢大廈的管理人陳毛死了！」

我震動了一下，那職員又道：「上校帶着人，就在那幢大廈，請你立時就去！」

我連半秒鐘都沒有耽擱，轉過身就走。

事情好像愈來愈嚴重，開始，只不過有人受了驚嚇，接着，有人失蹤，而現在，死亡！

我心急得一路上按着喇叭，左穿右插，找尋可以快一秒鐘抵達的方法，我在衝上通向那幢大廈的斜路時，車速高得我自己也吃驚。

第五部

管理員怪異死亡

我車子停下，看到大廈門口，停着幾輛警車、救傷車、黑箱車。

我下了車，一個警官，提着無線電對講機，向我走來，他一面向我走來，一面對着無線電對講機：「上校，衛斯理來了！」

他按下一個掣，我立時聽到上校的聲音，傳了過來：「請他快上來！」

我略呆了一呆：「上校在什麼地方？」

警官向上一指道：「在天台上。」

我後退幾步，抬頭向上看去，這才發現，大廈的天台上，也有很多人，我依稀可以辨出上校來，雖然在二十多層高的天台上，他看來很小，在向我揮着手，我立時走進大廈的大堂。

那警官和我一起，進了電梯，我道：「屍體是在天台上發現的？」

那警官道：「是，陳毛的一個朋友來找他，發現陳毛不在，他上樓去，一直到天台，發現了屍體，他立時下來報警。」

我皺着眉：「上校為什麼要找我？」

警官聳了聳肩，表示不知道為了什麼。我抬頭，看電梯上面的那一排燈，數字在不斷地跳動着，不一會，就到了頂樓。

我和那警官，出了電梯，已經聽到了上校的吼叫聲，道：「衛斯理，你到哪裏去了？有正經事要找你，沒有一次找得到。」

我一面上樓梯，一面道：「你最好去修煉一下傳心術，那麼，隨便你要找什麼人，都可以找得到了！」

我跳上了天台，傑克上校向我迎來，和我大力地握着手。

每當他那樣大力和我握手之際，我總會想到，在那一剎間，上校心中所想的，一定是想如何出其不意地摔我一下，然後他捧腹大笑！

不管我想的對與不對，上校這時，臉上的確帶着一種挑戰的神色。

我看到天台上有很多人，傑克上校鬆開了我的手，轉過身去，走向天台的邊緣，我看到一幅白布，覆蓋着一具屍體，傑克俯身，將白布揭開，我忍住噁心的感覺，注意着那具屍體。

剎那之間，我心中只感覺到怪異莫名，陳毛的屍體，使我遍體生寒，我立時又抬頭看傑克。

傑克手鬆開，白布又覆在屍體之上。

我張大了口，說不出話來。上校先吸了一口氣，然後問道：「你看，他是怎麼死的？」

我仍然說不出話來，抬頭看了看天。

天台上面，當然沒有別的，只是天，傑克好像知道我為什麼會在這時候抬頭向上看一樣，他又問道：「你看他是怎麼死的？」

我也深深吸了一口氣，定了定神，反問道：「屍體被移動過？」

傑克上校搖頭道：「沒有，根據所有的迹象來看，他一死就死在這裏，死了之後，絕對沒有被移動過的迹象，絕對沒有！」

我也可以相信這一點，因為一具屍體，是不是曾被移動過，很容易看得出來。

然而，那怎麼可能呢？

我終於叫了出來：「然而，那不可能，他是從高處摔下來跌死的！」

我一面說，一面指着陳毛的屍體。

剛才我只看一眼，就遍體生寒，就是為了這個緣故。因為，陳毛那種斷臂折足的死狀，一眼就可以看得出，他是從高處跌下來跌死的！

不可能和怪異，也就在這裏，因為這裏已經是二十多層高的大廈的天台。

陳毛的屍體沒有被移動過，他又是從高處跌下來跌死的，那麼，他是從什麼地方跌下來的呢？是在半空中？

我思緒繚亂，一面想着，一面不由自主在搖着頭。

傑克上校苦笑了一下：「我為什麼叫你來？不幸得很，我們兩人對他的死因，看法一致！」

我大聲道：「任何人都可以看得出他是跌死的，而且是從很高的地方！」

上校又點頭道：「是的，法醫說，就算從天台往下跳，跌在地上，也不會傷成那樣，他是從很高的地方跌下來的！」

我又不由自主，抬頭向上望去，然後道：「他從什麼地方跌下來？」

上校伸手，按住了我的肩膀：「唯一的可能，自然是一架飛機，或是直升機，飛臨大廈的上空，陳毛是從那上面跌出來的！」

我搖着頭：「你不必說笑話了，我知道，你和我都笑不出來。」

上校果然笑不出來，他非但笑不出來，而且深深歎了一口氣：「這就是我為什麼急於找你的原因，事情太怪！」

我望着上校，突然之間，我想起了羅定的話，他曾說電梯不斷向上升去，終於停了下來之後，他還曾打開一個單位的門，直到到了陽台上，他看到上下全是灰濛濛的一片，才真正感到吃驚，如果那時，他忽然跌出了陽台，他會跌到什麼地方去呢？

我緩慢地，將我所想到的，對上校講了出來，上校苦笑着：「你是要我相信，這幢大廈的電梯，可以冒出大廈的頂，再不斷向上升？」

我道：「至少羅定有這樣的遭遇。」

上校道：「你錯了，羅定來來去去，仍然是在這幢大廈之內！」

我也苦笑着：「那麼，你是要我相信，電梯一直向上升，大廈就會跟着長高？」

上校大聲道：「電梯沒有問題，或許是電梯中途停頓了若干時間，身在電梯中的人，卻不知道，以為電梯是一直在向上升！」

我搖着頭：「上校，我不和你吵架，但是，陳毛是從什麼地方跌下來的呢？」

我們說到這裏，法醫和一位警官走過來，和上校低語着，上校點着頭，擔架抬了過來，將陳毛的屍體移上去，抬走了。

的確，陳毛的屍體未被移動過，因為屍體抬走之後，天台的灰磚面上，留下了一大灘血。

如果屍體曾被移動，就不應該別的地方，一點血也沒有，由此可知，陳毛是從空中跌下來，落到天台上死去的！

我將手指用力按在額上，可是那樣並不能令得我清醒些，反倒令我思緒更亂。

上校轉過身來：「衛，這件事，我看警方不便進行虛幻的調查——」

他停了一停，我已經明白了他的意思：「我知道，和以前若干次一樣，由我來作私人的調查，警方給我一切便利。」

上校點了點頭，我陡地衝口而出：「那麼，我第一件要做的事，就是再盤問羅定！」

上校皺起了眉：「有這個必要？」

我道：「當然有，到現在為止，在這幢大廈的電梯中，有過怪異遭遇的人，假定有三個，我的假定是羅定、小郭和陳毛——」

傑克點着頭：「我明白，陳毛死了，小郭下落不明，只有羅定一個人，可以提供資料。」

我也點頭道：「所以，我要盤問他！」

傑克道：「不過，他好像已將他的遭遇，全說出來了，你認為他還有隱瞞？」

我肯定地道：「是的，我覺得他還有隱瞞，而且我可以具體地說，他隱瞞之處，是在他終於出了電梯之後，他還曾遇到了一些事，他沒有說出來！」

傑克上校來回踱了幾步：「可是他卻說你在騷擾他——這樣吧，由警方出面，安排一次會面，希望你別逼他太甚，因為我們對他的盤問，究竟沒有證據！」

我略想了一想，道：「那樣也好，不過，我恐怕不會有什麼用處！」

傑克上校歎了一聲，抬頭向天空望着。

我知道他在望向天空的時候，心中在想什麼，他一定是在想，陳毛是從什麼地方掉下來的呢？

我沒有再在這幢大廈的天台上多逗留，我向上校告辭，也沒有再到小郭的偵探事務所去，只是找了一個十分僻靜的地方，我需要寂靜。

我所到的那個僻靜的地方，叫作「沉默者俱樂部」，參加這個俱樂部的最重要條件，就是沉默。

在布置幽雅的俱樂部中，我去的時候，已經有不少人在，可是每一個人，都將其餘的人當着木頭人一樣，連看都不看一眼，別說交談了。

我在一個角落處，一張舒適的沙發上，坐了下來，雙手托着頭，開始沉思。

事實上，我的思緒亂得可以，根本沒有什麼事可以想的，我試圖將整件事歸納一下——那是我遇到了疑難不決的事情後的一種習慣。

但是我立即發現，連這一點我也無法做得到，因為事情的本身，絕不合理，這幢大廈的電梯，決無可能冒出大廈，繼續不斷地向上升去！

如果這一點沒有可能，那麼，羅定的話，是不是要全部加以否定呢？

當我一想到這一點的時候，腦際閃電也似亮了一亮，身子也不由自主，陡地一震。

直到現在為止，我所做的一切，全是根據「電梯中有了怪事——電梯不斷向上升」這一點而進行的，而如果根本沒有所謂「電梯中的怪事」的話，那麼，我不是一直在一條錯誤的道路上前進麼？

而「電梯中的怪事」之所以給我如此深刻的印象，自然是由於羅定的敘述。但如果羅定根本是在說謊，一切全是他編造出來的呢？

我感到我已抓到了一些什麼，我身子挺得很直，雙眼也睜得很大。要是在別的地方，一定會有人上來，問我有什麼不妥了，但是在這裏，卻不會有人來打擾我的思路。

如果一切根本全是羅定編造出來的——這是極有可能的事，因為他在電梯中究竟遇到了什麼事，完全沒有第二個人知道——那麼，羅定的目的何在？

羅定的目的，只有一個：那便是，他在電梯中，真的曾遇到了一些什麼事，但是他卻將這件事的真相，遮瞞了起來，而代之以「電梯不斷上升」的謊話。

編造「電梯不斷上升」的謊話，有一個好處，就是人人都知道那是不可能的事，於是，各種各樣的專家，就會來解釋，這是屬於心理上的錯覺，於是，再也不會有人去深究他在電梯中，究竟遇到什麼事了！

當我有了這個初步結論之後，我感到極其興奮。

但是，接下來，我又自問，小郭在電梯中，又遇到了什么事故？

小郭遇到的事，是不是和羅定一樣？

為什麼兩人的遭遇一樣，小郭會失蹤，而羅定卻什麼事也沒有？

這樣一想，好像我剛才的想法又不成立了，我的思緒十分亂，翻來覆去地想着，一直呆坐了將近兩個小時，我才離開。

在離開之後，才和傑克上校通了一個電話，上校告訴我，已約好了羅定，下午七時，在他的辦公室中見面。

我用閒蕩來消磨了剩餘的時間，準七點，我到了傑克的辦公室。

傑克上校和我握手，羅定還沒有來。上校向我道：「衛，我看羅定，對你有了一定的反感，你問他的話，一定問不出什麼來。」

我呆了一呆：「但是我非問他不可，因為我已經有了一個新的設想，我覺得他不是隱瞞了什麼，而是他所說的一切，根本就是謊話。」

傑克望着我，我在他的臉上，可以看出他對我很是不滿。

他勉強笑了一下：「無論如何，你的態度，要溫和一些！」

我不禁有點冒火，大聲道：「怎樣？我現在看來像是一個海盜？」

傑克剛想回答我，一個警官，已帶着羅定，走了進來，於是他轉而去招呼羅定。

羅定一進辦公室就看到了我，我看到他怔了一怔，現出很不自然的神色，雖然他和上校一直在口中敷衍着，不過他雙眼一直望住了我，而且，在他的眼神之中，充滿了敵意。

傑克上校在向羅定解釋着，為什麼要約他來和我見面的原因，可是我懷疑羅定是不是聽到了，所以，在上校略一住口之際，我立時發問：「羅先生，你可還記得那幢大廈的管理人陳毛？」

羅定半轉過身來，他的身子，看來有點僵硬，他道：「記得的！」

我立時道：「陳毛死了，被人謀殺的！」

我這句話一出口，羅定現出了一個公式化的驚愕神情，而上校卻有點憤怒地向我瞪了一眼。

我明白上校為什麼要瞪我，他是一個警務人員，在一個警務人員的心目中，「謀殺」這種字眼，不能隨便亂用，必須要有一定的證據。

而事實上，陳毛的死，只不過是充滿了神秘，並不能證明他被人謀殺。

而我故意這樣說，也有目的，我要羅定感到事態嚴重，好告誡他別再胡言亂語！

我不理會上校怎樣瞪我，將一張放大了的照片，用力放在羅定的面前。

那張照片，是陳毛伏屍天台上的情形，照片拍得很清楚，羅定只垂下眼皮，向照片看了一眼，立時又抬起頭來：「太可怕了！」

我又道：「陳毛是從高處跌下來跌死的！」

羅定聽得我那樣說，又呆了一呆，低頭去看照片：「高處跌下來跌死的？他好像是死在天台上？」

我故意大笑了起來：「不錯，他死在天台上，而且屍體沒有被移動過的迹象，這種方式的謀殺，有一個好處，就是可以使人相信，你所說的鬼話，電梯不斷上升，真有其事！」

羅定的面色，在剎那之間，變得極其難看，他口唇掀動着，想說什麼，但是卻又發不出聲，而我則毫不放鬆，繼續向他進攻。

我又道：「所以，我認為，陳毛的死，羅先生，和你有很大的關係！」

羅定霍地站了起來，向着傑克：「這個人這樣說是什麼意思？是不是警方有意控告我？如果是的話，我要通知律師！」

傑克上校連忙安慰着羅定，一面又狠狠瞪着我，等到羅定又坐了下來，上校皺着眉：「衛斯理，你的話太過分了！」

我冷笑了一下：「我絕沒有指控羅先生是謀殺陳毛的兇手，我只不過說，陳毛的死，和羅先生有關係，何必緊張！」

羅定厲聲道：「有什麼關係？」

我不為所動，仍然冷冷地道：「有什麼關係，那很難說，要看你那天，在這幢大廈的電梯之中，究竟遇到了什麼事而定。」

羅定的神態愈來愈憤怒：「我遇到了什麼？我早已說過了！」

我道：「是的，你說，電梯在將近二十分鐘的時間內，一直向上升，然而，羅先生，世上不會有這樣的事！」

羅定的臉漲得通紅：「或許那是我的錯覺，電梯曾在中途停頓，我怎麼知道？」

我伸手直指着他：「你當然知道，因為你未曾將你真正的遭遇說出來！」

羅定又站了起來，憤怒地拍開了我的手，吼叫道：「荒謬！太荒謬無稽了，警方為什麼要做這種無聊的事？對不起，我走了！」

他一面說，一面轉身向門外就走。

我並不去追趕他，只是冷笑道：「羅先生，陳毛死了，郭先生失了蹤，下落不明，我希望你為自己，着想一下！」

我這樣講，其實也毫無目的，只不過我感到，種種不可思議的事件中，任何人都可以嗅得出，其間有着濃重的犯罪氣味，而且，我斷定羅定曾說謊，或是隱瞞了一部分事實，他那樣做，可能是由於對某一種力量的屈服，所以我才如此說。

我想不到，羅定對我的這句話的反應，竟是如此之強烈！

那時，他已快來到門口了，並沒有停下，可是我的話才一出口，便聽得「砰」地一聲響，羅定竟整個人，撞在門上！

一個人若不是震驚之極，是決不會有這樣張皇失措的行動的，我心中陡地一動，又加了一句：「還是和我們説實話的好！」

上校用怪異的眼光望着我，羅定已轉過身來。

羅定的神色蒼白，是以他額上撞起的那一塊紅色，看來也格外奪目。

他轉過身來之後，直視着我，眼皮不斷跳動，看來像是在不停地眨着眼，這種動作，顯然是由於他受了過度的震動，不能控制自己所致。

我也只是冷冷地望着他，一句話也不説，上校揚着眉，我知道，上校當然不喜歡我用這樣的態度對付羅定，但是，他卻也希望我能在羅定的身上，問出一點什麼來。

沉默維持了足足有兩分鐘之久，羅定才用一種聽來十分乾澀的聲音道：「你以為我會有什麼意外？」

我的回答來得很快，因為如何應付羅定，是我早已想好了的！

我立時道：「那要看你的遭遇究竟如何而定！」

看樣子，羅定已經鎮定了下來，他冷笑了一聲：「我不明白你在說些什麼！」

他講了這一句話之後，又頓了一頓，伸手在臉上，抹了一下，才又道：「你實在是一個無事生非的人！」

我並不發怒，只是道：「我不算是無事生非了，要知道，有一個人失了蹤，一個人死了！」

羅定的神情，看來更鎮定了，他冷冷地道：「每天都有人失蹤，每天都有人死！」

我冷笑道：「但不是每一個人，都和那幢大廈有關，都和那座電梯有關！」

羅定並沒有再說什麼，而且我可以看得出來，他在故意躲避我的目光，他略略偏過頭去，望着傑克：「我可以走了？」

傑克上校握着手：「羅先生，我們請你來，只不過是為了請你幫忙，如果你能提供當日的真實情形，那麼，對我們會有很大的幫助！」

羅定淡然道：「對不起得很，我已經將當日的情形，說過許多遍了！」

傑克上校向我望來，我也只好苦笑了一下，攤了攤手，上校無可奈何地一笑：「你可以走了，羅先生，不過我們仍希望可以得到你的合作！」

羅定悶哼了一聲，再轉身，這一次，他並沒有撞在門上，而且順利地打開門，走了出去。

羅定才一走，傑克上校就開始埋怨我：「你這樣問，問得出什麼來？」

我大聲道：「至少，我現在可以更進一步肯定，他心中有鬼！」

我這樣的判斷，傑克上校無法不同意，因為一個人，若不是心中有鬼，決不會在聽了我的一句虛言恫嚇之後，會驚惶失措，一致於此！

我又道：「上校，你別心急，這件事交給我，我還是要在他的身上着手，找出整件事的答案來！」

傑克上校有點無可奈何，他呆了片刻，才道：「好的，不過，你不要再去騷擾他，看來，他很不容易對付，真的要法律解決時，他佔上風！」

我吸了一口氣，上校的話雖然不中聽，可是講的卻是實情。

我想了片刻：「你放心，我會注意的。」

我也離開了上校的辦公室，而且，有了新的決定。

從第二天開始，我在小郭的偵探事務所之中，挑選了五個最機靈能幹的職員，和我在一起，一共是六個人，我們一天二十四小時，分成六班，每一班四小時，日夜不停地監視羅定。

我們六個人，都佩有傑克上校供給的無線電對講機，隨時可以通消息，我也隨時可以通過無線電對講機，向跟蹤、監視羅定的人，詢問羅定的行蹤。

一連監視了四天。

在這四天之中，一點進展也沒有。

小郭依然如石沉大海，不知所終，所有能夠動員來尋找他的力量，都已動員了，像這樣傾全力的尋找，照說，連一頭走失的老鼠，都可以找回來了，可是小郭依然音訊全無。

我不敢去見郭太太，因為一個人，失蹤了那麼久，而又音訊全無，最大的可能，自然是已經凶多吉少，這種話，怎能對郭太太講得出？

那幢大廈，因為出了命案，所以一再由警方派人看守着，警方也和業主聯絡過，王直義的回答很大方，他這幢大廈，反正沒有買主，出了兇案，只怕更有一個時期，無人問津，警方派人看管，他絕不反對。

第六部

出了兩次錯

跟蹤羅定更是一點發展也沒有。他的生活正常：早上上班，中午在辦公室的附近午膳，下午放工回來，或者在家裏不出去，或者有應酬，或者自己出去散散步，看看電影，這種有規律的，刻板式的生活，寫出來，仔細想一想，實在很恐怖，但幾乎每一個人都這樣生活着。

第五天是星期日，我幾乎想放棄跟蹤了，可定除了在羅定身上着手之外，實在沒有第二條路可走，所以仍然繼續跟蹤。那一天，我早上才起來，白素就開門迎進了一位訪客，郭太太。

郭太太的神情很匆忙、緊張，可是卻和小郭失蹤之後，我見過她幾次的神情，有點不同，她一見我，就立時道：「衛先生，我接到了他的一個電話！」

我幾乎直跳了起來，郭太太所說的「他的電話」，自然是小郭的電話。小郭失蹤已有那麼多天，事情是如此之離奇而又毫無頭緒，如今忽然他有電話來，這太令人興奮了！

我忙問道：「他在哪裏？」

郭太太卻搖了搖頭：「我不如道，他在電話中所說的話很怪，不過我認得出，那的確是他的聲音。」

我忙又問：「他說了些什麼？」

郭太太取出了一具小型的錄音機來：「自從他出了事之後，我恐怕他是被壞人綁了票，所以每一個電話，我都錄音，請聽錄音帶，這電話，我是二十分鐘前接到的，他一講完，我就來了！」

我連忙接過錄音機來，按下了一個掣，錄音帶盤轉動，立時聽到了小郭的聲音。

毫無疑問，那是小郭的聲音，以我和他過十年的交情來說，可以肯定。

聲音很微弱，聽來像是他在講話的時候，有什麼東西隔着，而且很慢，聲音拖得很長，音有點變，那情形，就像是聲音傳播的速度拉慢了，就像將七十八轉的唱片，用十六轉的速度放出來一樣。

但是有一點可以肯定的，那便是，就算是聲音有點變，那是小郭的聲音。

而且，他的話，聽來很清晰，他在拖長着聲音問：「你聽到我的聲音麼？你聽得到我的話？」

接着便是郭太太急促的聲音：「聽到，你在哪裏，你為什麼講得那麼慢？」

接着又是小郭的聲音，小郭像是全然未曾聽到他太太的話，只是道：「你聽到我的聲音麼？我很好，你不用記掛我，我會回來的，我正在設法回來。」

郭太太的聲音帶着哭音：「你究竟在哪裏，說啊！」

小郭完全自顧自地說話，但是他繼續所說的話，倒和郭太太的問話相吻合，他道：「現在我不知道在什麼地方，太怪了，一切都太奇怪了，請你放心，我會回來，一定會回來！」

小郭的聲音，講到這裏為止，接着便是郭太太一連串急促的「喂喂」聲，然後，錄音帶上的聲音就完了。

我雙眉緊鎖着，一聲不出，又重聽了一遍，郭太太含着淚：「他在什麼地方？」

我苦笑道：「連他自己也不知道，我們當然更無法知道。」

白素也皺着眉：「我看，郭先生不是直接在講電話，好像是有人將他的話，先錄了音，然後，特地以慢一倍的速度，對着電話播放！」

我也有這樣的感覺，我將聲音機上，播送的速度調整，又再按下掣。

這一次，聽到的內容相同，小郭仍是在講那些話，不過，他的聲音，聽來已經正常了，而郭太太的聲音則尖鋭急促，可知白素的推斷很有理。

我又接連聽了兩遍，郭太太又問道：「他究竟在哪裏，為什麼他不說？」

我心中也亂到了極點，但是總得安慰一下郭太太，所以我道：「不論他在什麼地方，既然他一再說自己平安無事，你也別太記掛了！」

郭太太歎了一聲：「要是那只是有人放錄音帶，而不是他親自説的——」

我明白她的意思，所以立時打斷了她的話頭：「現在，事情有兩個可能，一是有人脅制着他，如果是那樣，一定還有聯絡電話來，二是他真的有了奇怪的遭遇，那麼，我想他也會再一次和你聯絡——」

我講到這裏，向妻子望了一眼：「你陪郭太太回去，陪着她。」

白素點了點頭，和郭太大一起離去，我又聽了幾遍，立時出門，和傑克見了面。

我們兩人，一次又一次聽着那電話的內容，我心中的疑問，也在這時，提了出來，我道：「如果那是事先的錄音，為什麼要用慢速度播出來？」

傑克道：「如果不是錄音，那麼，一個人很難將自己的聲音改變，放慢來講，和將音波的速度改變，是全然不同的兩回事！」

我心中隱隱感到，這件事，是一個十分重要的關鍵，可是我卻什麼也捉摸不到。

上校苦笑着：「希望他多打點電話回家去！」

我也只好苦笑着，這自然是調侃的説法，不過，這個電話雖然使我困惑，至少小郭沒有死，這令我高興。

我又和上校談了一會，突然，我身邊的無線電對講機，響起了「滋滋」聲，我取了出來，拉長天線，就聽得聲音，那是跟蹤羅定的人報告：「羅定全家出門，上了車，好像準備郊遊。」

我不假思索：「跟着他！」

傑克上校搖了搖頭：「你還想在羅定的身上，找到線索？」

我攤了攤手：「除此以外，難道還有別的辦法？」

傑克歎了一口氣：「羅定當日出事之後，被送到醫院，醒轉來之後，他那種恐怖之極的神情，和他立時說出了他在電梯中的遭遇，這一切，都不可能是他在說謊！」

我皺着眉，不出聲。

上校又道：「還有小郭，照你形容的來看，他當時竟慌亂得一個人駕車離去，要不是他真有極其恐怖的遭遇，怎會那樣？」

我徐徐地道：「是的，我並不是否定這一點，我只是認為，羅定未說實話，羅定在那座大廈的電梯中，有着極其可怕的遭遇，或者，他完全改變了他的遭遇，而另編了一套謊話，又或者，他不盡不實，隱瞞了一部分事實！」

上校無可奈何地道：「好的，只好由你去決定了，現在，至少知道郭先生還在人間！」

我喃喃地道：「是的，可是他在什麼地方？為什麼他在電話中不說出來？還是被人囚禁着，連他自己也不知道身在何處？」

上校搖頭道：「我否定你後一個說法，他絕未提到被囚禁，只是說，他處於一個十分奇怪的境地中！」

我沒有再說什麼，實在是因為沒有什麼可說的，根據目前我們所知的一切，甚至於無法作任何假設！

我離開了上校的辦公室，在接下來的一小時之中，我不斷接到有關羅定行蹤的報告。

羅定全家到郊區去，這是一個像羅定這樣的家庭，假日的例常消遣，所以我只是聽着，一點也未曾加以特別的注意。

直到一小時之後，我開始覺得羅定此行，有點不尋常，我接到的報告是，羅定的車子駛進了一條十分荒僻的小路，他們好像是準備野餐！

使我突然覺得事情不尋常的是：這條山路，是通往「覺非園」去的。

我立時請跟蹤的人，加倍注意，二十分鐘之後，我又接到了報告，羅定一家大小，就在覺非園附近的一個空地野餐，看來仍無異樣，也未發現有人在注意他們。

而五分鐘之後，我接到的報告，令我心頭狂跳，報告說，羅定像是若無其事地走開去，但是在一離開了他家人的視線之後，他就以極快的速度，奔到覺非園的門口。

負責跟蹤羅定的人，說得很清楚，羅定一到了覺非園的門口，立時有人打開門讓他進去。

我在聽到了這樣的報告之後，心中的興奮，實在難以形容，這種情形，只表示一個事實：羅定和覺非園主人王直義之間有聯繫！不但有聯繫，而且，還十分秘密！要不然，他就不必以全家郊遊來掩飾他和王直義的見面！

我在接到這報告後的第一個決定是：趕到覺非園去！

但是我隨即改變了這個決定，因為怕這樣做，反而會打草驚蛇。

我只是吩咐跟蹤者，將羅定離開覺非園的情形，偷拍下來。

跟蹤者的答覆，很令我滿意，他說在羅定進去的時候，他已經將情形偷拍下來了。

我緊張地等待進一步的報告，羅定在覺非園中，只停留了十分鐘之後，我就接到了他離開覺非園的報告。

十分鐘可以做很多事情了，但是，從走進覺非園的大門起，十分鐘的時間，卻實在做不了什麼，我去過覺非園，我知道，從大門口，走到建築物，也差不多要這些時間了，唯一的可能是，羅定要見的人，就在大門後等着他！

傍晚時分，跟蹤人員替換，羅定也回到了市區，照片很快洗了出來，照拍得極好，是連續性的，有六張是表示羅定進覺非園的情形，有六張是他離開覺非園時候所攝下來的。

從連續動作的照片來看，羅定簡直是「衝」進覺非園去的，他奔跑向覺非園的大門，在他推門的一剎那，門好像是虛掩着在等着他。

我猜想羅定的行動之所以如此急促的原因，是因為他瞞着他的家人，他不可能無緣無故離開他正在野餐的家人太久，但如果只是十幾分鐘的話，就無關緊要。

看羅定出來的情形，低着頭，好像有着十分重大的心事，一連幾張，皆是如此。

我的心中，升起了一連串的疑問，羅定和王直義，為什麼要秘密會晤呢？

（我假定他到覺非園去，是為了要見王直義）。

羅定和王直義之間，可以說毫無聯繫——唯一的關係是：羅定在那幢大廈之中，有着奇異恐怖的遭遇，而這幢大廈，是王直義造的。

我無法想像羅定何以要與王直義見面，當然，最好的辦法，是去找羅定。

可是，羅定對我極之反感，而且，看來他有決心要將秘密繼續隱瞞下去，就算我將這些照片，放在他的面前，證明他曾去過覺非園，他如果又編一套謊言來敷衍我，我還是毫無辦法。

我考慮了很久，小郭的偵探事務所中，職員全下班了，我先用無線電對講機問了問，羅定回來之後，一直在家中沒有出去。

我拿起了電話，撥了羅定家的號碼。

我決定作一個大膽的行動，只要我的假設不錯，羅定有可能會上當，我也就能知道很多事實。

我假定的事實是：羅定是去見王直義的。

電話響了片刻，有人接聽了，我從那一聲「喂」之中，就聽出來接聽電話的，正是羅定。

我壓低聲音，使自己的聲音聽來很蒼老、低沉，我道：「羅先生，你下午見過王先生，現在，王先生叫我打電話給你！」

羅定不出聲，我想他一定是在發怔，我也不催他，過了好一會，他才道：「又有什麼事？我見他的時候，已經講好的了！」

我的假定被他的話證實了！

我連忙又道：「很重要的事，不會耽擱你太久，我要見你，他有很重要的話，要我轉達，不方便在電話裏說，請在半小時後，在九月咖啡室等我，你沒有見過我，我手中拿着一本書。」

我不容他有懷疑或是否定的機會，立時放下了電話。

我的估計不錯，他下午去見王直義，那麼，我也可以肯定，他一定會來！

我打開小郭的化裝用品櫃，在十分鐘之內，將自己化裝成一個老人，然後，我到了九月咖啡室。

我之所以選擇這間咖啡室，是因為那是著名的情侶的去處，燈光黝暗，椅背極高，一則不會有別人注意，二則羅定也難以識穿是我。

因為我所知幾乎還是空白，我需要盡量運用說話的技巧，模稜兩可的話，來使羅定在無意中，透露出事實，羅定不是蠢人，燈光黑暗，有助於我的掩飾。

我坐下之後，不到五分鐘，就看到羅定走了進來，我連忙舉着書，向他揚手，羅定看到了我，他逕直向我走來，在我對面坐下。

我望着他，他也望着我，在那一剎間，我實在不知道該如何打破僵局才好，幸而羅定先開了口：「你們究竟還要控制我多久？」

我心中打了一個突，羅定用到了「控制」這樣的字眼，可見得事情很嚴重！

我立時決定這樣說：「羅先生，事實上，你沒有受到什麼損害！」

羅定像是忍不住要發作，他的聲音雖然壓得很低，但是也可以聽得出他的憤怒，他道：「在你們這些人看來，我沒有損失，可是已經煩夠了，現在，我究竟是什麼，是你們的白老鼠？」

他又用了「白老鼠」這樣的字眼，這更叫我莫名其妙，幾乎接不上口。

我略呆了一呆，仍然保持着縝定：「比較起來，你比姓郭的好多了！」

我這樣說，實在是很冒險的，因為要是小郭的遭遇和羅定不同，那麼，我假冒的身分，就立時會被揭穿。所以在那片刻間，我極其緊張。

羅定憤然地瞪着我：「我已經接受了王先生的解釋，他已經犯了兩次錯誤，我不想作為他第三次錯誤的犧牲者，算了吧！」

他這句話，我倒明白「兩次錯誤」，可能是指陳毛和小郭，而犯這兩次錯誤的人，是「王先生」，那就是說，一切事情，都和王直義有關！這實在是一大收穫。

我立即想到，我現在假冒的身分，是王直義的代表，那麼，我應該對他的指責，表示尷尬。

所以，我發出了一連串的乾笑聲。

羅定的樣子顯得很氣憤，繼續道：「他在做什麼，我管不着，也不想管！」

我略想了一想，就冷冷地道：「那麼，你又何必跑到鄉下去見他？」

我注視着羅定，看到他的臉色，變得十分難看，他好一會不說話，然後才喃喃地道：「是我不好，我不該接受他的錢！」

當我聽到這一句話的時候，我不禁心劇烈地跳動了起來！王直義曾付錢，而羅定接受了他的錢！

王直義為什麼要給錢呢，自然是要收買羅定，王直義想羅定做什麼呢？

當我在發呆的時候，我就算想講幾句話敷衍着他，也無從說起，幸而這時，羅定自己可能心中也十分亂，他並沒有注意我有什麼異樣，又道：「錢誰都要，而且他給那麼多！」

我吸了一口氣，順着他的口氣：「所以，羅先生，你該照王先生的話去做，得人錢財，與人消災啊！」

羅定的神色，變得十分難看：「我照他的話去做？要是他再出一次錯誤，就錯在我的身上，那麼，我要錢又有什麼用？」

我聽到這裏，心中不禁暗自吃驚。

我一面聽羅定說着話，一面猜測着他話中的意思，同時在歸納着，試圖明白事實的情形。

我歸納出來的結果，令我吃驚，我從羅定所講的那些話中，多少已經得到了一點事實。第一，王直義曾給羅定大量錢，而王直義給錢的目的，不單是要求羅定保守什麼秘密，而且，還要求羅定繼續做一種事，而這種事，有危險性。

這種事的危險性相當高，我可以知道，如果一旦出錯，那麼就像陳毛和小郭一樣，就算有再多的錢，也沒有用了。

我也可以推論得出，今天王直義和羅定的會面，一定很不愉快，羅定可能拒絕王直義的要求，所以，我假冒是王直義的代表，約見羅定，倒是一件十分湊巧的事，可以探聽到許多事實。

我一面迅速地想到了這幾點，一面冷冷地道：「那麼，你寧願還錢？」

羅定直視着我，樣子十分吃驚、憤怒，提高了聲音：「你這樣說是什麼意思，是王先生示意你的麼？別忘了，他的秘密還在我的手裏！」

我心又狂跳了起來，王直義有秘密在他手裏，我的料斷不錯，我早就料到，羅定一定隱瞞着什麼，現在，我的推測已得到證實，他的確有事情隱瞞着，他知道王直義的某種秘密，但是未曾對任何人說過！

我心中興奮得難以言喻，正在想着，我該用什麼方法，將羅定所知的王直義的秘密逼出來。

然而就在這時候，在我的身後，忽然響起了一個深沉的聲音：「羅先生，就算我有秘密在你手中，你也不必逢人就說！」

我一聽，立時站了起來，那是王直義的聲音！

我才站起來，已有手按住我的肩頭，我立時決定，應該當機立斷了，我右臂向上疾揚了起來，拍開了按在我肩頭的手，同時疾轉過身來。

我一轉身，就看到了王直義。

雖然我知道，就算讓王直義看到了我，也不要緊，但是，我還是不讓他有看到我的機會，我在轉身之際，已然揮起了拳頭，就在我剛一看到他之際，拳已經擊中了他的面門。

那一拳的力道，說輕不輕，說重不重，但是也足夠令得王直義直向下倒下去。

而我連半秒鐘都不停，立時向外衝出去，當我出了門口之際，才聽得咖啡室中，起了一陣騷動，我疾步向前奔出，我想，當有人追出咖啡室的時候，我早已轉過街角了。

我之所以決定立即離去，因為這樣，我仍然可以保持我的身分秘密。而只要他們不知道我是什麼人，明天我就可以用本來面目去見羅定，再聽羅定撒謊，然後，當面戳穿他的謊話。

我相信在這樣的情形下，羅定一定會將實情吐露出來。這是我當時擊倒王直義，迅速離去時的想法。

我認為這樣想，並沒有錯，至於後來事情又有意料之外的發展，那實在是我想不到的事。

我回到了家中，心情很興奮，因為事情已經漸有頭緒了。

任何疑離的事情，開頭的頭緒最重要。有的事，可以困擾人一年半載，但是一旦有了頭緒，很可能在一兩天之內，就水落石出，真相大白！

這一晚，我很夜才睡着，第二天早上，打開報紙，我本來只想看看，是不是有咖啡室那打架的消息，當然沒有，這種小事，報上不會登。

然後，我看了看時間，羅定這時候，應該已經在他的辦公室中了。

我打電話到羅定的公司去，可是，回答卻是「羅主任今天沒有來上班！」

我呆了一呆：「他請假？」

公司那邊的回答是：「不是，我們曾打電話到他家裏去，他太太說他昨晚沒有回來。」

我呆了一呆，忙道：「昨晚沒有回來？那是什麼意思，他到哪裏去了？」

公司職員好像有點不耐煩：「不知道，他家裏也不知道，所以已經報了警。」

我還想問什麼，對方已然掛斷了電話。

我放下電話，將手按在電話上，怔怔地發着呆。羅定昨天晚上，沒有回家！

經過連日來的跟蹤，我知道羅定是一個生活十分有規律的人，他一晚不回家，那簡直是無法想像的事。

第七部

真相快將大白

我立時取過了無線電對講機，昨天晚上，我化了妝，冒充是王直義的代表，和羅定約晤，這件事，我未曾和任何人講起過。

那就是說，輪班跟蹤羅定的人，一定會知道羅定失蹤，因為我和羅定的會面，也在監視之中。

我按下了對講機的掣，急不及待地問道：「現在是誰在跟蹤羅定？」

可是我連問兩遍，都沒有回答，而就在這時候，電話鈴突然響了起來，我一拿起電話來，就聽到了傑克上校的聲音，他道：「衛，羅定失蹤了！」

我吸了一口氣：「我知道，我剛想去找他，他一晚沒回家。」

上校道：「一夜沒回家是小事，我相信他一定已經遭到了意外。」

我聽了一驚：「你何以如此肯定？」

上校「哼」地一聲：「你不是和幾個人，日夜不停，跟蹤監視着羅定麼？」

我道：「是的，我剛才想和他們聯絡，但是卻聯絡不上，你知道他們的消息？」

上校又「哼」地一聲：「昨晚負責跟蹤羅定的人，在午夜時分，被人打穿了頭，昏倒在路上，由途人召救護車送到醫院，現在還在留醫，我現在就在醫院，你要不要來？」

我疾聲道：「十分鐘就到，哪間醫院？」

上校告訴了我醫院的名稱，我衝出門口，直駛向醫院，又急急奔上樓，在一條走廊中，我看到了傑克和幾個高級警官，正和一個醫生在談論着，我走了去的時候，聽得那醫生道：「他還十分虛弱，流血過多，你們不要麻煩他太久！」

上校點着頭，轉過頭來，望了我一眼，又是「哼」地一聲，我怒道：「你哼什麼？又不是我的錯！」

傑克大聲道：「跟蹤和監視羅定，可是你想出來的主意，不怪你？」

我又是好氣，又是好笑：「混帳，在監視和跟蹤之下，他也失了蹤，要是不跟蹤，他還不是一樣失蹤，而且連一點線索都沒有？」

傑克翻着眼，一時之間，答不上來，我道：「算了，聽聽有什麼線索！」

我一面說，一面已推開了病房的門。

小郭事務所的那職員，躺在牀上，頭上纏滿了紗布，面色蒼白得可怕，一看到了我，抖着口唇，發出了一下微弱的聲音來。

他可能是在叫我，也可能是在說別的什麼，總之我完全聽不清楚。傑克將其餘人留在門外，就是我和他兩人在病房中，我先開口：「慢慢說，別心急！」

那職員歎了一聲：「昨天晚上，我和往常一樣，監視着羅定，我看到他在九時左右，匆匆出門，我就一直跟着他。」

我的面肉，不由自主，抽搐了一下。

那職員又道：「我一直跟着他，到了一家燈光黝黯的咖啡室中，原來在那間咖啡室中，早就有一個人，在等着他。」

傑克插言道：「那人是什麼模樣？」

那職員苦笑了一下：「當時，我曾用小型攝影機，偷拍下他們兩人交談的情形，可是在我被襲擊之後，相機也不見了。」

我揮着手：「不必去研究那個人是誰，以後事情怎樣，你説下去！」

自然，在我來說，完全不必去研究在咖啡室中和羅定會面的是什麼人，那個人就是我！那職員喘了一陣氣：「羅定和那神秘人物，一直在談話，羅定的神情好像很激動，但是我始終聽不到他們在講些什麼！」

我催道：「後來又怎樣？」

那職員像是在奇怪我為什麼那樣心急，他望着我，過了一會，才又道：「後來，來了一個人——」

傑克上校打斷了他的話頭：「等一等，你還未曾說，第一個和羅定見面的人，是什麼模樣的！」

那職員道：「很黑，我看不清楚，只記得他的神情很陰森，個子和衛先生差不多高！」

這職員的觀察力倒不錯，記得我的高度。

上校又問：「後來的那個人呢？」

那職員道：「後來的那個人，年紀相當老，中等身形，他一進來，在那神秘人物的後面一站，伸手按住了那神秘人物的肩頭，講了一句，那神秘人物卻突然站起來，轉身向後來的人，就是一拳，打得後來的人，仰天跌倒在地，他就逃了出去。」那職員說得一點不錯，這就是昨晚在那咖啡室中，所發生的事。

但是，在我逃了出去之後，又發生了一些什麼事，我卻不知道了。

那職員又道：「當時，我立即追了出去——」

上校沉聲道：「你不應該追出去，你的責任，是監視羅定！」

那職員眨着眼：「是，我追到門口，不見那神秘人物，立時回來，咖啡室中，亂成一團，夥計要報警，可是後來的人，卻塞了一張鈔票給夥計，拉着羅定，一起走了出去！」

我和傑克上校一起吸了一口氣，上校道：「你繼續跟蹤着他？」

那職員道：「是的，我繼續跟蹤他們，誰知道他們走了一條街，又到了另一間咖啡室中，兩人講着話，講了一小時左右，羅定先走，樣子很無可奈何，那老先生不久也走了——」

我揮着手：「等一等，你不是在羅定走的時候，立即跟着他走的？」

那職員現出十分難過的神色來：「是，當時我想，跟蹤羅定已經有好幾天了，一點沒有什麼新的發展，倒不如跟蹤一下和羅定會晤的人還好，所以我等那老先生走了，才和他一起走！」

我苦笑了一下，那職員繼續道：「我跟着老先生出了餐室，和他先後走在一條很冷僻的街道上，我全神貫注在前面，所以未曾防到，突然有人，在我的後腦上，重重地擊了一下，當我醒來的時候，已經在醫院中了！」

上校瞪了我一眼，冷冷地道：「有什麼線索？」

我知道上校那樣説的意思，他的意思是在譏嘲我，勞師動眾，結果仍然一點線索也沒有。

我先不回答他，只是對那職員道：「你好好休息，我相信事情快水落石出了！」

那職員苦笑着，和我們講了那些時候的話，神情疲憊不堪！

我和傑克上校，一起離開了病房，才一到病房門口，上校就冷然道：「你剛才的話倒很動聽，用來安慰一個傷者，很不錯。」

傑克上校不會放棄任何一個攻擊我的機會，我已經完全習慣了。

我只是冷冷地道：「上校，你憑什麼，説我的話，只是用來安慰傷者的？」

上校冷笑了一聲：「可不是麼？事實上，什麼線索也沒有，但是你卻説，事情快了結了！」

我直視着他：「上校，你對於昨天晚上，所發生的事，究竟知道多少？」

上校冷笑着：「我加道的，就是職員所説的，我想，你也不會比我多知道多少！」

我聽得上校那麼説法，不禁「哈哈」笑了起來，上校用疑惑的眼光望着我，我伸手在他的肩頭上，重重拍了一下：「我知道的，比你多不知多少，你可知道，在九月咖啡室中，和羅定約晤的那個神秘客是誰？」

上校翻着眼，答不上來。他當然答不上來，但是他卻不服氣，「哼」地一聲：「你知道？」

我老實不客氣地道：「我當然知道，因為那神秘怪客，就是我！」

上校在那一剎間，雙眼睜得比銅鈴還大，高聲叫了起來：「你在搗什麼鬼？」

我笑了笑：「低聲些，在醫院中，不適宜高聲大叫，騷擾病人！」

上校受了我的調侃，神色變得異常難看，他狠狠地瞪着我，我把約晤羅定的動機，和他説了一遍。

傑克上校雖然好勝而魯莽，但是他畢竟很有頭腦，他立時想到了問題的癥結所在：「後來的那人是誰？」

我望着他：「你猜一猜？」

傑克上校思索了約莫半分鐘，才用不十分肯定的語氣道：「王直義？」

我點頭道：「一點不錯，是王直義，整件事情，都與這位看來是隱居在覺非園中，不問世事的王先生有關，完全是在他一個人身上而起的！」

傑克上校的神情，還有點疑惑，但是，當我詳詳細細，將昨晚我冒充王直義的代表，和羅定見了面，羅定對我講的那些話，向傑克上校複述了出來之後，他臉上最後一絲的疑惑神情也消失了。

他顯得十分興奮，雖然，羅定和小郭的失蹤、陳毛的死，還是一個謎，但是關鍵人物是王直義，那是毫無疑問的事情了！

只要找到王直義，向他逼問，事情就可以水落石出，真相大白！

傑克上校揮着手：「還等什麼，簽拘捕令，拘捕王直義！」

我道：「我們好像也沒有他犯罪的證據，你不必拘捕他，只要去請他來，或是去拜訪他就可以了！」

上校高興地搓着手：「你一起去？」

我略想了一想：「如果你認為有此必要，我可以一起去，至少，他要是抵賴的話，有我在場，立時可以揭穿他的謊言！」

傑克上校連連點頭，他就在醫院中，打了好幾個電話，然後，我上了他的車，直駛郊區。

等到來到了郊區的公路上時，我才知道，傑克上校的這次「拜訪」，陣仗之大，實在空前，他至少出動了兩百名以上的警員，公路上，警車來往不絕，不時有報告傳來，報告已經包圍了覺非園，但沒有驚動任何人，覺非園看來很平靜。

等到我和傑克上校，在覺非園前下了車，由我去敲門時，有五六個高級警官，從埋伏的地方，走了出來，向上校報告他們早已到達，採取重重包圍的經過。

我望着上校，上校立時知道了我的用意：「別以為我小題大做，這個人是整件事的關鍵，不能讓他有逃走的機會！」

我繼續不斷地敲門，憑上次的經驗，我知道可能要等相當久。

過了三分鐘左右，門口的小方格打開，露面的仍然是那位老僕人，他顯然還記得我，叫了我一聲，道：「衛先生，你好！」

我點了點頭：「我要見你老爺，請開門！」

那僕人「哦」地一聲：「衛先生，你來得不巧，老爺出了門！」

傑克上校一聽，就發了急，伸手將我推開，大聲道：「他什麼時候走的？到哪裏去了？」

僕人望着我，他自然也看到了門外的眾多警察，是以他駭然地問我：「衛先生，發生了什麼事？」

我根本沒有機會出聲，因為傑克上校又立時吼叫了起來：「回答我的問題！」

傑克上校的氣勢很夠威風，那老僕神情駭然，忙道：「是，是，他到檳城去了，前天走的！」

這一次，輪到我大聲叫了起來：「什麼？他前天到檳城去的？你別胡說，我昨晚還見過他！」

老僕現出困惑的神色來，搖着頭，像是不知道該說什麼好。

傑克上校已然喝道：「快開門，我們有要緊的事找他，他要是躲起來了，我們有本事將他找出來！」

老僕道：「他真的出門去了，真的——」

可是他一面說，一面還是開了門。

在法律手續上，入屋搜查，應該有搜查令，但是傑克上校分明欺負那老僕不懂手續，門一開，他揮了揮手，大隊警察，就開了進去。這時候，我倒一點也不覺得上校小題大做，因為覺非園相當大，要在裏面找一個人，沒有一百以上的警員，是難以奏功的。

老僕的神情驚惶，我輕拍着他的肩：「別怕，你們老爺也沒有什麼事，不過要問他幾個問題，你說老實話，他在哪裏？」

老僕哭喪着臉：「前天上飛機，是我送他到飛機場去的！」

我冷笑着：「那麼，昨天有一位羅先生來過，想來你也不知道了？」

老僕睜大了眼睛：「羅先生？什麼羅先生，我根本不認識他！」

我不再問下去，和傑克一起來到屋子之中，我也無心欣賞屋中的佈置，在搜查了一小時左右，而仍然沒有結果，上校在客廳中來回踱步之際，我不禁伸手，在自己腦門上，重重拍了一下：「我們實在太笨了，問航空公司，問機場出入境人員，就可以知道王直義是不是離境了！」

傑克瞪着眼：「你以為我想不到這一點？不過我相信你，你說昨晚見過他！」

我苦笑了一下：「那也不矛盾，他可以假裝離境，然後又溜回來！」

傑克上校不出聲，走了出去，我知道他是用無線電話，去和總部聯絡了。

在覺非園中，一點現代化的東西都沒有，門口沒有電鈴，屋中沒有電話，甚至根本沒有電燈。

傑克離開了大約半小時，又走了回來，神色很難看，我忙問道：「怎麼了？」

傑克道：「不錯，王直義是前天下午，上飛機走的，目的地是檳城！」

我肯定地道：「他一定是一到之後，立時又回來的！」

傑克上校冷笑道：「我的大偵探，你可曾算一算，時間上是不是來得及？」

我立時道：「有什麼來不及？小型噴射機，在幾小時之間，就可以將他帶回來！」

傑克上校冷笑道：「你的推論不錯，不過，我已經叫人，和檳城方面，通過了電話！」

我不禁呆了一呆，道：「那邊的答覆怎樣？」

上校道：「王直義是當地的富豪世家，他一到，就有人盛大歡迎，一直到今天，他不斷公開露面，幾乎每小時都有他露面的記錄，衛斯理，我看你昨天晚上，一定眼睛有毛病！」

可惡的傑克，在如今這樣的情形下，還只管奚落我，而不去探討事實的真相！

昨天晚上我的眼睛有毛病？那絕不可能，我可以百分之百肯定，捱了我一拳的那個人，是王直義。不但我一眼就認出是他，當時，羅定也認出是他，那一定是王直義，這是不容懷疑的事實！

但是，另一宗不容懷疑的事實，卻證明王直義在前天就離開了本市，一直在好幾千里之外！

我伸手在臉上重重撫着，心緒極亂，傑克上校已下令收隊，並且在威脅那老僕，對老僕說，在王直義回來之後，切不可提起今天之事！

我知道上校為什麼要那樣做，因為王直義如果知道了他今天的行動，而要和他法律解決的話，那麼，上校就麻煩了！

傑克上校遷怒於我，大聲吩咐收隊，自己離去，竟然連叫也不叫我一聲。而我在那時，思緒又亂到了極點，只是怔怔坐着，也沒有注意所有的人已經全走了！

等到我發覺這一點時，我猜想，上校和所有的警員，至少已離去半小時以上了！

只有我一個人坐在覺非園古色古香的大廳中，那老僕，在大廳的門口，用疑惑的神色望着我，四周圍極靜。我苦笑了一下，站了起來，老僕連忙走了進來。

我無話可說，只好道：「這麼大的地方，只有你一個人住着？」

老僕道：「我也習慣了，老爺在的時候，他也不喜歡講話，和只有我一個人一樣！」

我歎了一聲，低着頭向外走去，老僕跟在我的後面，由於四周圍實在靜，我可以聽到他的肢步聲，我一直向前走着，心情煩亂得幾乎什麼也不能想，終於又歎了一聲，轉過身來。

我那一下轉身的動作，是突如其來的，在半秒鐘之前，連我自己也想不到，而且，如果有人問我，為什麼忽然要轉身，我也一定說下上來，或許我想向老僕問幾句話，可是究竟要問什麼，我自己也不知道。

也正是由於我的轉身，是如此之突然，所以我發現跟在我身後的老僕，正在作一個十分古怪的舉動，雖然他一發現我轉身，立即停止了行動，但是在那一剎間，我已看到他在幹什麼了！

那實在叫人莫名其妙，我看到他的手中，握着一個如同普通墨水筆一般大小粗細的管子，那管子顯然是金屬做的。

那金屬管子向外的一端，一定是玻璃，因為我看到了閃光。

他用那管子，對準着我的背部，就在我突然轉身的一剎間，他以極快的手法，將那根管子，滑進了衣袖之中，時間至多不過十分之一秒！

但是我卻看到了！

我立時呆立不動，老僕也呆立不動，不出聲，可是他臉上的神情，已然明白地告訴人家：他有一件重大的秘密，被人發現了！

而這時候，他雖然兀立着，一動也不動，但是那絕不表示他夠鎮定，而是他實在太驚駭，以致僵立在那裏，不知如何才好！

而在這時，我也有不知如何才好的感覺，我心念電轉間，已經想到，未曾懷疑這個老僕，那實在是我的疏忽，因為已經證明，一切和王直義有關，而這老僕，又和王直義一起生活，王直義要是有什麼秘密，瞞不過老僕！

這時我也不知道該怎麼好，事情來得太突然了，在這樣的情形下，要是我採取激烈的行動，對方在僵凝之後所來的反應，可能更加激烈，我就可能一點收穫也沒有！

我必須用柔和的方法，以免他在驚駭之餘，有失常的反應，我要好像喚醒一個睡在懸崖旁的人一樣，絕不能驚動他，以免他「掉下去」！

我們就這樣面對面地僵持着，足足有半分鐘之久，我才用十分平常的聲音：「那是什麼玩意兒？」

果然，我才一開口，老僕就像被利刀刺了一下一樣，直跳了起來，轉身向前便奔，我早已料到他會有這樣的反應，是以我的動作比他更快，在他的身邊掠過，疾轉過身來。老僕收不住勢子，一下子撞在我的身上，而我也立時伸手，緊緊抓住了他的手臂。

當我抓住他的時候，他神色之驚惶，已然到了極點，我反倒有點不忍心起來，安慰他道：「別緊張，不論什麼事，都可以商量。」

他口唇發顫，發不出聲音來，而且，汗水自他的額上，大顆大顆，沁了出來。

當汗珠自他的額上沁出來之際，我更加駭異莫名，這時，我離他極近，我可以清楚地看到，他額上的汗珠，只從皺紋中沁出來，而且，他的皮膚，全然不沾汗，汗珠一沁出，就直淌了下來。這只說明一件事，在他整個臉上，塗滿了某種塗料！

他經過精心化裝！

而且，這時，我緊緊抓住了他的手臂，他手臂上的肌肉，十分結實，一個老年人，決不可能還保持着如此結實的肌肉！

他不但經過精心的化裝，而且，毫無疑問，是一個年輕人所扮！

第八部

遇襲喪失視力

當明白了這一點之後，我深深地吸了一口氣：「別緊張，年輕人，別緊張！」

「老」僕張大了口，急速地喘起氣來，我知道，在我識穿了他這一點之後，他決不會再有反抗的能力，所以我鬆開了手。

果然，我鬆開了手，他呆呆地站在我的面前，一動也不動，我又道：「怎麼樣，我想我們應該好好地談一談！」

他口唇又動了片刻，才道：「衛先生，我實在很佩服你，我……我知道很多……你的事，我……也知道你的為人……」

他顯然仍然在極度驚駭的狀態之中，所以講話，有點語無倫次，我將手按在他的肩上：「別驚慌，不會有什麼大問題的！」

他語帶哭音：「可是，死了一個人！」

我直視着他：「是你殺死他的？」

他駭然之極地搖着頭，又搖着手，我道：「既然不是你殺他的，那你怕什麼？」

他道：「我……實在害怕，我求求你，你先離去，我會和你見面，讓我先靜一靜，好不好？求求你。今天天黑之前，我一定會和你聯絡！」

我不禁躊躇起來，他的這個要求，實在很難令人接受。

他說要我離去，他會和我聯絡，如果他不遵守諾言呢？現在，他是我唯一的線索，最重要的線索，我怎樣可以讓他離去？

他哀求我時的聲音和神態，都叫人同情，但是，我硬着心腸，搖了搖頭：「不行，現在就談，或者，隨你高興，我們一起到警局去。」

他一聽到「到警局去」這四個字，「騰」地後退了一步，喃喃地道：「何必要這樣？何必要這樣？」

我不理會他在說什麼，用相當嚴厲的聲音逼問道：「王直義是什麼人？你是什麼人？」

他不回答。

我又道：「你們在這裏幹什麼？」

他仍然不回答。

我提高了聲音：「你剛才手中拿的是什麼？」

他仍然不回答，但是這一個問題，是不需要他回答我才能得到答案的，他不出聲，我疾伸出手來，抓向他的手臂。

他的手臂向後一縮，但是我還是抓住了他的衣袖，雙方的力道都很大，他的衣袖，「嗤」地一聲，扯了開來，那支金屬管落了下來。

我連忙俯身去拾這枚金屬管，可是我絕沒有料到，已經震駭到如此程度，一面流着汗，一面向我哀鳴的人，竟然會向我反擊！

這自然是我的錯誤，我沒有想到，將任何人逼得太急了，逼得他除了反抗之外，什麼也沒有法子的時候，他就只好反抗了！

就在我彎身下去撿拾那金屬管的時候，我的後腦上，陡地受了重重的一擊。

我不知道他用什麼東西打我，但是那一擊的力道是如此之重，可以肯定決不是徒手。

我立時仆倒，天旋地轉，我在向下倒地的時候，還來得及伸手向他的足踝拉了一下，我好像感到，我那一拉，也令得他仆倒在地，但是我卻無法再有什麼進一步的行動，因為那一擊實在太沉重，以致我在倒地之後，立時昏了過去。

當我醒來的時候，後腦之上，好像有一塊燒紅了的鐵在炙着，睜開眼來，眼前一片漆黑。那種漆黑，和身在黑暗之中，全然不同，那是一種極其可怕的、前所未有的感覺，我變得看不見東西了，我瞎了！

我忍不住大叫起來，一面叫，一面直坐起來。

我立時感到，有人按住了我的肩，我拚命掙扎，那人用力按住我。同時，我也聽到了傑克上校的聲音：「鎮定點，鎮定點！」

我急速地喘着氣：「我怎樣了？我看不見，什麼也看不見，什麼也看不見！」

傑克上校仍然按着我的肩，可是他卻沒有立時回答我，他在我叫了幾聲之後，才道：「是的，醫生已預測你會看不見東西，你後腦受傷，影響到了視覺神經，不過，那可能是暫時性的！」

我尖聲叫了起來：「要是長期失明呢？」

傑克上校又沒有出聲，我突然變得狂亂起來，不由分說，一拳就揮了出來。

我不知道我這一拳擊中了上校的何處，但是這一拳，是我用足了力道揮擊出去的，從中拳的聲音，上校後退的腳步聲，以及一連串東西被撞的聲音聽來，上校中了拳之後，一定跌得相當遠。

也就在這時，我覺得突然有人抱住了我，同時，聽到了白素的聲音：「你怎麼可以打人？」

我立時緊握住白素的手，顫聲道：「你……來了，你看看，我是不是睜着眼？」

我聽得出，白素在竭力抑制着激動，她道：「是的，你雙眼睜得很大！」

我叫起來：「那麼，我為什麼看不見東西？」

白素道：「醫生説，你有很大的復原機會！」

我將她的手握得更緊：「多少？」

白素道：「你腦後受了重擊，傷得很重，發現得又遲，有一小塊瘀血團，壓住了視覺總神經。有兩個方法，可以清除這個瘀血塊，一是動腦部手術，一是利用雷射光束消除它，有辦法的！」

經過白素這樣一解釋，我安心了許多，又躺了下來：「上校！」

傑克上校的聲音很古怪，他立時回答：「算了，不必道歉，我不怪你就是！」

我道：「我應該怪你，為什麼你自顧自離去，將我一個人留在覺非園？」

我等了很久，沒有聽到上校的回答，想來傑克上校對他當時的盛怒，理也不理我就走，多少感到內疚。我只聽到白素輕輕的歎息聲：「算了，事情已經發生，怪誰都沒有用！」

在白素安慰我之外，我才又聽到了上校的聲音，他道：「你在覺非園中，究竟遇到了什麼事？是誰襲擊你？我們曾找過那老僕，可是他卻失了蹤，我們也和在檳城的王直義聯絡過，他說，他會設法盡快趕回來，告訴我，究竟發生了什麼事？」

傑克不停地說着，他一定未曾發覺，我愈聽愈是惱怒，不然，他一定不會再繼續不斷地說下去的，我好不容易，耐着性子等他說完，我還想再忍耐的，但是，我卻實在無法再忍受下去，我的怒意突然發作，我用盡氣力吼叫起來，叫道：「你關心的究竟是什麼，是案情的發展，還是我盲了雙目？」

上校的聲音有點尷尬：「你不必發怒——」

這一次，我沒有再容他講完，就又叫了起來，我大喝道：「滾出去，滾出去，走！」

我一面叫，一面伸手指向前直指着，我覺察着我的手指在劇烈地發着抖，我喘着氣，只聽得上校苦笑着：「好，我走，你冷靜些！」

他略頓了一頓，接着，又自以為幽默地道：「不過，我無法照你所指的方向走出去，那裏是牆！」

若不是白素用力按着我，我一定跳起來，向他直撲過去，接着，我聽得一陣腳步聲，想來，離開病房的人相當多，而我的後腦，也在這時，感到一陣難以名狀的刺痛，使我頹然睡倒在牀上。

我還是睜大着眼，希望能見到一絲光芒，然而，我什麼也看不見，一片黑暗。

白素輕柔的聲音，又在我耳際響起，她道：「你不能發怒，必須靜養，要等你腦後的傷勢有了轉機，醫生才能替你動進一步的手術，要是你再這樣暴躁下去，你永遠沒有復明的希望！」

我苦笑着，緊握着她的手，她餵我服藥，大概是由於藥物的作用，我睡着了，在沉睡中，我做了許多古怪、紛亂的夢。在夢中，我居然可以看到許多東西，當我又矇矓醒來時，我不禁懷疑，一個生來就看不見東西的人，是不是也會有夢？如果也有夢的話，那麼，出現在他夢境中的東西，又是什麼形狀的？

接下來兩天，我一直昏睡，白素二十四小時在我身邊，當我醒來的時候，她告訴我，傑克上校來過好幾次，看來他很急於想和我交談，但是又不敢啟齒。

白素又告訴我，警方正傾全力在找尋那個「老僕」，可是卻一點結果也沒有。那自然不會有結果，在擊倒了我之後，那「老僕」一定早已洗去了化裝，不知躲到什麼地方去了！

我在想，我應該將我發現那「老僕」的秘密的經過向上校說一說。可是，即使我說了，又有什麼用呢？

我記得，我發現那「老僕」的秘密，是由於我突然的轉身，而看到他手中握着一根奇異的金屬管。

直到現在，我還可以肯定，那金屬管，是高度機械文明的產品，和連電燈也沒有的覺非園，完全不相稱。雖然，我不知道那究竟是什麼東西，以及為什麼那「老僕」要用這東西對準了我，但是有一點可以肯定的，便是：覺非園古色古香到了連電燈也沒有，那完全是一種掩飾，一種偽裝！

需要掩飾的是什麼呢？這一點，我不知道，而且，除了王直義之外，只怕也沒有什麼人可以解答，而王直義卻離開了本地，雖然那天晚上，我明明在九月咖啡室，曾經見到他！

而那根小金屬管呢？到什麼地方去了？我記得很清楚，當我倒下去昏過去之前，還曾將那「老僕」拉跌，接着，我也仆倒在地，將那金屬管，壓在身體之下，而那「老僕」倉皇逃走。

那金屬管是壓在我身子下面的，如果不是那「老僕」去而復轉，那麼，警方發現我的時候，也同時應該發現那個金屬管。

可是，為什麼傑克上校未曾向我提及呢？

我伸手向牀邊摸索着，白素立時問：「你要什麼？」

我道：「我的東西呢？我是說，我被送到醫院來之前，不是穿這衣服的，我的衣服，我的東西呢？」

白素道：「全在，我已經整理過了，我發現有一樣東西，不屬於你。」

我吸了一口氣，同時點頭：「一根圓形的金屬管？」

白素道：「對，我不知道這是什麼，但是我知道那東西一定很重要，所以我一發現它，就收了起來，而且，這兩天我詳細研究過這東西。」

我的呼吸有點急促：「那是什麼？」

白素的回答令我失望：「不知道，我不知道那是什麼，它的構造很複雜。」

我又道：「至少，看來像什麼？當時，持着這金屬管的人，正將它有玻璃的那一部分，對準了我的背部，那是什麼秘密武器？」

白素道：「不是，它看來好像是攝影機，或者類似的東西！」

我沉默了一會，才道：「將它藏好，別讓任何人知道你有這東西，等我恢復了視力再說。」

白素答應着，這時，傳來叩門聲，白素走過去開門，我立時道：「上校，你好。」

我自然看不見進來的是誰，但是上校的那種皮鞋谷谷聲，是很容易辨認出來的。

我叫了他一聲之後，上校呆了片刻，才道：「我才同醫生談過，他說你的情形，大有好轉！」

我苦笑着：「這情形，只怕就像你應付新聞記者的問題一樣，是例行公事。」

上校來到了我牀邊，又停了片刻，才道：「王直義從檳城回來了！」

我覺得有點緊張，這種情形，當我失去我的視力之際，是從來也未曾發生過的！

我之所以覺得緊張，是因為我已經可以肯定，王直義是一切不可思議的事的幕後主持人，也就是說，他是最主要的敵人。

我喜歡有他這樣的勁敵，如果我像往常一樣，我自信有足夠的能力，可以和他周旋到底。

可是，現在我是一個瞎子，而王直義又是掩飾得如此之好，隱藏得如此周密的勁敵！

傑克上校接下來所說的話，令得我更加緊張，使我手心隱隱在冒着汗。他道：「王直義和我會見之後，提出的第一個要求，就是他要見你！」

心裏愈是緊張，表面上就愈要裝得平淡無事，這本來就是處世的不二法門，尤其在我這種情形之下，更加應該如此。

我裝着若無其事地道：「他要見我作什麼？表示歉意？」

上校的聲音，有點無可奈何：「我不知道，他從機場直接來，現在就等在病房之外，我想他一定有極其重要的事！」

我又吃了一驚，上校道：「你見不見他？」

我心念電轉，是不是見他？我還有什麼法子，可以避免在失明的時候，再對勁敵？我考慮的結果是，我沒有別的法子！

所以我道：「好的，請他進來！」

上校的腳步聲傳開去，接着是開門聲，又是腳步聲，然後，我可以感到我全身的每一根神經都在緊張，因為我覺出王直義已來到了我的身邊，王直義的聲音，聽來很平靜，和我上次去見他的時候，完全一樣，也和在九月咖啡室中，他說話的聲音，完全一樣。

他道：「我聽得上校提及了你的不幸，心裏很難過，希望你很快就能復原！」

我也竭力使我的聲音鎮定：「謝謝你來探望我。」

王直義靜了下來，病房中也靜了下來，像是在那一剎間，人人都不知道這應該如何開口才好。

過了好一會，傑克上校才道：「王先生希望和你單獨談話，不想有任何人在旁，你肯答應麼？」

我早已料到，王直義來見我，大有目的，也料到他會提出這一點來。

白素立時道：「不行，他需要我的照顧，不論在什麼情形之下，我都不會離開他半步！」

我點了點頭：「是的，而且，我和我的妻子之間，根本沒有任何秘密，如果有人需要離開的話，只有上校，或者，王先生。」

我的意思再明白也沒有了，只有白素在，我才肯和王直義談論，不然，王直義大可離去！

病房中又靜了下來，我猜想在那一剎間，傑克上校一定是在望向王直義，在徵詢他的同意。

而在那一剎間，我自己心中在想：上校和王直義之間，究竟有着什麼默契？我們兩人，一定是不可能有什麼合作的，上校之所以代王直義提出這一點來，無非是為了尊重王直義是一個大財主而已！

病房中的沉靜，又持續了一會，才聽得王直義道：「好的，上校，請你暫時離開一會。」

我又猜想，上校的神情一定相當尷尬，但他的腳步，立時傳開去，接着，便是房門關上的聲音。

我判斷病房之中，已經只有我們三個人，我首先發動「攻勢」：「王先生，你有什麼話說，可以放心說，因為凡是我知道的事，我太太也會都知道！」

我本來是不想這樣說的，而且，事實上，我也未曾將一切的經過，全告訴白素，白素也沒有問過我。

而我決定了那樣說，也有道理，我不知道王直義在做些什麼，但至少知道，他在做的一切，絕不想被外人知道。

而我，對他來說，已經成為「知道得太多的人」，如果他不想被別人知道的話，他就會設法將我除去。

而我這樣說，也並不是想拖白素落水，而是給王直義知道，他要對付的話，必須同時對付我們兩個人，他應該知道，那並不是容易的事。

本來，我在外面一切古怪的遭遇，是我獨立應付的多，中間也有和白素合作的。但是現在，我必須白素的幫助，因為我看不見任何東西。

白素一定也明白這一點，所以她才堅持要留在我的身邊。我的話出口之後，聽到了王直義深深的吸氣聲，接着，他道：「衛先生，原來你第一次來見我，就是為了郭先生失蹤的事。」

我也立時道：「不錯，所謂房屋經紀，只不過是一個藉口而已！」

王直義乾笑了兩聲，從他那種乾笑聲判斷，他並不是感到什麼，而只是感到無可奈何。

接着，他又道：「衛先生，現在，你已經知道得不少了？」

我冷笑着，道：「那要看以什麼標準來定，在我自己的標準而言，我應該說，知道得太少了！」

王直義道：「你至少知道，所有的事情，和我有關！」

我故意笑起來：「若是連這一點也不知道，那麼，我不是知道得太少，而是什麼也不知道了！」

王直義跟着笑了幾聲，他果然不是一個容易對付的人，因為他竟立時開門見山地問我：「要什麼條件，你才肯完全罷手，讓我維持原狀？」

這是一個很簡單的問題，但是也是一個咄咄逼人，很厲害的問題，這是一個逼着人立時攤牌，毫無轉圜餘地的一個問題！

我的回答來得十分快，我猜想，王直義一定也感到我很難應付。

我立時道：「讓我知道一切情形，然後，我再作判斷，是不是應該罷手！」

我自然看不到王直義的神情，但是從聽覺上，我可以辨出，他的呼吸突然急促起來了，那表示他十分憤怒，幾乎不能控制自己了！

我不出聲，等着他的反應，過了好一會，他才道：「你所知道的一切，其實並不構成任何證據，要知道，我根本不在本市！」

我道：「是的，我也無意將一切事告訴上校，你也決不會上法庭，不過，我不會罷手，你要明白這一點，我不會罷手，即使我現在瞎得像一頭蝙蝠！」

王直義又急速地喘了一回氣，才道：「衛先生！」

他先叫了我一聲，然後，顯然斂去了怒意，聲音變得平靜了許多：「你不會明白我在做什麼的，你不會明白，沒有人會明白——」

他講到這裏，又頓了一頓，然後，從他的語調聽來，他像是感到了深切的悲哀：「郭先生的失蹤，完全是一個意外。」

我立時道：「那麼，陳毛的死呢？」

王直義苦笑着：「更是意外！」

我再問道：「羅定的失蹤呢？」

王直義沒出聲，我再道：「我的受狙擊呢？」

王直義仍然不出聲，我的聲音提高：「王先生，你是一個犯罪者，雖然法律不能將你怎樣，但是我不會放過你！」

我聽到王直義指節骨發出「格格」的聲響，我想他一定是因為受了我的指責，在憤怒地捏着手指。

過了好一會，白素才道：「對不起，王先生，如果你的話說完了，他需要休息！」

我沒有再聽到王直義講任何的話，只聽到了他代表憤怒的腳步聲，走了出去。

接着，便是傑克上校走了進來，向我提出了許多無聊幼稚的問題，好不容易，我用極不耐煩的語氣，將他打發走了，白素才在我的耳際道：「既然你剛才那麼説了，我想知道一切事情的經過！」

我點着頭，將我所經歷的一切，和我所猜想的一切，全都告訴了她。

白素一聲不響地聽着，直到我講完，才道：「剛才，王直義一度神情非常無可奈何，像是想取得你的同情和諒解，但是終於又憤怒地走了！」

我道：「要看他是不是我所指責的那樣，是一個犯罪者，只要看是不是有人來對付我們就行了，我想，得加倍小心！」

白素有點憂慮，因為我究竟是一個失明的人，她道：「是不是要通知傑克，叫他多派點人來保護？」

我搖頭道：「不要，與其應付他查根問柢的追問，不如應付暗中的襲擊者了！」

白素沒有再説什麼，只是握緊我的手。

可能是我的估計錯誤了，接下來的三天，平靜得出奇，傑克來看我的次數減少，我在醫院中，未曾受到任何騷擾。

醫生說我的傷勢很有好轉，快可以消除瘀血團，恢復我的視力。

而事實上，這幾天之中，我雖然身在病房，一樣做了許多事，小郭事務所中的職員，不斷來探望我，我也對他們作了不少指示，小郭仍然蹤影全無，也未曾再有不可思議的電話打回來，而羅定的情形也一樣。

我仍然不放棄對王直義的監視，但是那幾位負責監視的職員說，自從進了覺非園之後，王直義根本沒有再出來過，他們簡直無法想像，他一個人在覺非園之中，如何生活。

一直到了我要進行雷射消除瘀血團的那一天，事情仍然沒有變化，而我的心情，仍然很緊張，我不知道手術是不是會成功，要是成功的話，自然最好，要不然，我還會有希望麼？

我被抬上手術枱，固定頭部，我聽得在我的身邊，有許多醫生，在低聲交談，這種手術的例子並不多見，我這時，頗有身為白老鼠的感覺。

我被局部麻醉，事實上，也和完全麻醉差不多，我不知道手術的過程，經過不多久，但是突然間，我見到光亮了！真的，那是切切實實，由我雙眼所見到的光亮，而不是夢境中的光亮。

然後，我辨別得出，那是一個圓形的光，就在我的頭前，接着，這團圓形的光亮，在漸漸升高，而在我的眼前，出現了不少人影。

我聽到醫生的聲音：「如果你現在已能看到一點東西，請你閉上眼睛一會！」

我聽得出，醫生在這樣說的時候，語調緊張得出奇。自然，他們無法知道我已經可以看到東西，我行動如何，便是手術是否成功的回答！

我本來是應該立時閉上眼睛的，如果我那樣做的話，我想我一定會聽到一陣歡呼聲。

然而，就在我快要閉上眼睛的那一剎間，我腦中突然電光石火也似，興起了一個念頭！

我的視力已經恢復了，但是，如果王直義不知道這一點呢？

第九部 同謀者來訪

如果他一直以為我是個瞎子，那麼，我就可以佔莫大的便宜。當然，我可以要求醫院方面保密，但是有什麼比我這時，根本不閉上眼睛好呢？

我仍然睜着雙眼，我聽到了一陣無可奈何的低歎聲，事實上，這時我已經可以看到，圍在我身邊的那幾位醫生那種極度失望的神情，在那一剎間，我真對他們有說不出來的抱歉之感。

我聽得一位醫生道：「可以再使用一次！」

但是主治醫生在搖頭道：「至少在三個月之後，不然對他的腦神經，可能起不良影響！」

我覺得我應該說話了，我用微弱的聲音道：「我寧願三個月之後，再試一試！」

主治醫生歎了一聲，低身下來，我可以清楚地看見他面上的皺紋，老實說，我未曾見過比這次更成功的手術，但是我必須隱瞞。

他用一具儀器，照視着我的瞳孔，我知道他檢查不出我是偽裝的，因為我的失明，是視覺神經的被遏制，並非是眼球的構造有了任何毛病。

一出手術室，白素已經迎了上來，她顯示已經得到了「壞消息」，是以她神情悲戚，不知如何安慰我才好，她憔悴得很，我在她扶持下，回到了病房。

一直到夜深人靜，肯定不會有人偷聽之後，我才將實情告訴她。

白素聽了之後，呆了半晌，才道：「我一向不批評你的行為，但是這一次，你卻做錯了，你沒有想到，這對於盡心盡意醫你的醫生來說，太殘酷了！」

我苦笑道：「我知道，但是必須這樣做，因為要應付王直義，明天我就出院回家，讓王直義以為我還是一個瞎子！」

白素歎了一聲，搖了搖頭，顯然她仍然不同意我那麼做，但是又知道我已經決定了，勸也勸不回頭，所以只好搖頭。

第二天，在醫生的同意下，搬回家中，一切行動，仍需人扶持，傑克上校也趕來看我，古語說冷眼觀人生，我這時的情形，庶幾近似，我明明看得見，他們以為我什麼也看不到，如果不是我心中有着一份內疚的話，那倒是一件十分有趣的事。

回到了家中之後，不到半小時，就有電話來找我，白素接聽的，她聽了一句，就伸手按住了電話筒：「一個陌生的聲音！」

我接過電話來，首先，聽到一陣喘息聲，接着，一個人急促地道：「衛先生，原諒我，我不是故意的，當時我實在太焦急了！」

我一聽，就聽出那正是「老僕」的聲音，我心中不禁狂喜。我立時厲聲道：「你最好躲起來，不然，我會將你扼死！」

那「老僕」喘着氣：「不，我要來見你！」這真出乎我的意料之外！

在如今這樣的情形之下，那個曾經襲擊我，令得我幾乎終生失明的「老僕」，竟然會主動地來要和我見面，實在有點不可思議。

其中，是不是有陰謀？

一時之間，我難以決定如何回答對方，而在電話中，我聽到了他急速的喘息聲，我覺得這種表示內心焦急的喘息，不像假裝。

在我還未曾出聲前，那「老僕」又以十分急促的聲音道：「我知道，我曾令你受傷，但是你一定要見我！」

我想到話來回答他了，我徐徐地道：「你說錯了，我不能見你，我什麼也看不到！」

我在電話之中，聽到了一陣抽搐也似的聲響，接着，他又道：「我真不知怎樣後悔才好，不過，我有很重要的話對你說！」

我又保持了片刻的沉默，才道：「好吧，如果你一定要來，我在家裏等你，因為我不能到任何地方去，而且，我也不想到任何地方去！」

那「老僕」連忙道：「好，好，我就來！」

我放下了電話，白素向我望來，我道：「是那個曾在覺非園中襲擊我的人，我知道他在一連串神秘事件之中，他的地位，和王直義同樣重要！」

白素面有憂色：「是不是有什麼陰謀？」

我道：「不管他是為什麼而來，對我都有利，因為，就算他不來找我，我也要去找他！」

白素點了點頭，我道：「由我一個人來應付他！」

白素現出疑惑的神色來。

我笑了起來：「別擔心，我不是真的看不見東西，假裝的，如果這傢伙懷有什麼目的而來，只要他真的相信我看不到東西，他就不會掩飾，我也容易洞察他的陰謀，如果有你在一旁，那就不同了！」

白素道：「說得對。」

我笑了笑：「也好！」

白素在一扇屏風之後，躲了起來，而我則坐着，盡量將自己的神情，控制得看來像一個瞎子。

約莫十五分鐘之後，門鈴響了，我大聲道：「推門進來，門並沒有鎖！」門推開，有人走了進來，可是，我卻並沒有抬頭向他看去，我並不急於看他是什麼模樣，我總有機會看到他是什麼樣子的，我這時，最主要的一點，就是要他相信，我不能看到東西！

我看到一雙腳，停在門口，好像在遲疑，我揚起頭來：「為什麼不進來？」

那「老僕」走了進來，順手將門關上，來到了我的對面，我道：「本來，我不應該再和你會面的，你令得我嘗到人生最痛苦的事！」

我在那樣說的時候，故意對錯了方向，但這時我已經抬起了頭來，可以看得清他的模樣了。

在我的意料之中，他是一個年輕人！

可是他的年紀是如此之輕，這卻又是我所想不到的，他大約只有二十三四歲，面色很蒼白，而且在不停搓着手，當我那樣說的時候，他伸出雙手在衣服上抹着手心中的汗：「我……我……」

看他的樣子，像是想對我表示歉意，但是卻又不知道如何說才好。

我歎了一聲：「不過，你既然來了，那就請坐吧，如果你需要喝酒，請自己斟，我對黑暗，還是不十分習慣，而家中又沒有別人。」

他在我的面前坐了下來，我發覺他的手，在微微發抖，他向我伸出手來，在那一剎間，我不禁陡地緊張了起來，因為我不知道他要做什麼！

不過，我盡量保持着鎮定，我一動也不動地坐着，當他微顫的手，快要伸到我面前之際，我仍然一動也不動，而且，臉上一點驚惕的神情也沒有，要做到這一點，並不是容易的事。

但是，我相信我做到了這一點，因為他的手，在快要碰到我的時候，又縮了回去。

我的估計是，他剛才的動作，只是想碰我一下，安慰一下我這時「不幸」的遭遇，多半是不會有什麼惡意的！

他只望着我，不出聲，我也不出聲，過了足有一分鐘之久，他才喃喃地道：「衛先生，請原諒我，我……當時實在太吃驚了！」

我皺了皺眉，伸手在裹着紗布的後腦撫摸了一下，接着，我揮了揮手：「算了，你不見得是為了說這種話，才來找我的吧！」

他點了點頭：「不，不是。」

我道：「那就好了，當時，你在做什麼事，你手中的那金屬管，是什麼東西？用它對準了我，是在幹什麼？你說！」

那「老僕」在我的一連串的問題之下，顯得極其不安，他不斷地搓着手：「衛先生，我的名字叫韓澤。」

我呆了一呆，他答非所問，看來是在規避我的問題，毫無誠意。

但是，他對我說出了他的姓名，好像他又有對我從頭說起的打算，他究竟打算怎樣呢？韓澤這個名字，對我來說，一點作用也沒有，我從來也未曾聽過這樣的一個名字。

當我想到這一點的時候，我腦中陡地一亮，這個名字，我雖然未曾聽到過，可是，是在什麼地方，看到過的，我自詡記憶力十分強，應該可以想得起來的。

果然，我想起來了，在一本雜誌中，曾介紹過這個人。韓澤，他自少就被稱為數字天才，十六歲進了大學，二十歲當博士。

對了，就是他！

我點了點頭，道：「韓先生，你就是被稱為數學界彗星的那位天才？」

韓澤苦笑了一下：「衛先生，原來你看過那篇文章，不錯，在數學方面，我很有成就，不過，比起王先生來，我差得太遠了！」

我一聽，心中一凜，霍地站了起來，在那一剎間，我幾乎忘了假裝自己看不到東西了。

他那樣說，那麼，王直義的身分，就實足令人吃驚了，如果他口中的「王先生」就是王直義，那麼，毫無疑問，這位王先生，實際上是科學界的怪傑，曾經參與過世界上最尖端的科學發展的大數學家、大物理學家，曾經是愛因斯坦最讚許的人物：王季博士！

韓澤仰着頭看着我，我笑着，我不去望他，仰着頭，道：「你說的王先生，是王季博士？」

韓澤點頭道：「是，是他。」

我又道：「他就是王直義？」

韓澤又點了點頭，但是沒有出聲，我是「看不見東西」的，是以我當然應該看不見他的點頭，所以我又大聲道：「是他？」

韓澤吞下了一口口水，才道：「是他！」

我呆了半晌，才道：「我不明白，像你們這樣，兩個傑出的科學家在一起，究竟在幹什麼，為什麼你們要隱去本來面目，為什麼你們要化裝？」

韓澤的口唇顫動着：「我們……我們正在作一項實驗。」

我冷笑着：「你們的行動，全然不像是在做實驗的科學家，只像是在計劃犯罪的罪犯！」

韓澤又震動了一下，才道：「我們本來也不想那樣做的，但是你知道，這項研究，需要龐大得難以想像的資金，我們自己，一輩子也難以籌集這筆資金，必須有人支持，而……而……」

韓澤講到這裏，現出十分驚惶的神色來，四面張望着，像是怕他所講的一切，被旁人聽了去。

我吸了一口氣：「怎麼樣？」

韓澤語帶哭音，道：「我……我是不應該說的，我們曾經答應過，絕不對任何人提起的，我真不知道我是不是應該說！」

他雙手互握着，手指纏着手指。

屋子裏很靜，我不得不佩服白素，她躲在屏風之後，連最輕微的聲音都沒有發出來。

我冷冷地道：「你不說也不行，因為你的行藏，已經暴露，作為一個科學家，你應該有你的良知，你不能在行藏暴露之後，用犯罪行為去掩飾！」

我一面說，一面面對着他，我發現他的額上，汗珠在一顆一顆地沁出來。

我知道，他之所以來找我，就是因為他受不了良心的譴責所致，在那樣的情形下，我只要再逼他一逼，他一定會將所有的事全講出來！

所以我在略停了一停之後，又道：「郭先生失蹤，陳毛死亡，羅定也失蹤，我想，這全是你們用犯罪來掩飾行藏的結果，是不是？」

韓澤雙手亂搖：「不是，不是，那完全是意外，意外！」

他雙手揮着拳，揮動着，神情很激動。

我略呆了一呆：「你們的實際工作是什麼？」

韓澤的口唇，不斷顫動着，但是他卻沒有發出任何聲音來，顯見得他的內心鬥爭得很厲害。

我就在這時，厲聲道：「你應該將一切全說出來，不應該再有任何猶豫！」

韓澤站了起來，仍是一副不知所措的神氣，我神色也變得更嚴厲，韓澤道：「我……實在不能說，支持我們作實驗的人——」

他講到緊要關頭，又停了下來，我心頭火起，厲聲喝道：「你要就說，要就快滾！」

我伸手向前直指着，韓澤站了起來，離開了沙發，連連後退。

當他退到門口的時候，他幾乎哭了出來，哽着聲音叫道：「求求你，別逼我，我不能說，要是我說了出來，一定會死的！」

我冷笑道：「那你找我幹什麼？」

他苦着臉：「我來請你，將那……具攝影機……還給我！」

我略呆了一呆，立時明白他是指什麼而言了，他口中的「攝影機」，一定就是那根金屬管，這是什麼樣的攝影機呢？據白素說，構造極之複雜，她從來也沒有見過。

而他居然還有勇氣向我提出這樣的要求來，真是厚面皮之極了，我冷笑道：「不能，我要憑這東西，來證明你的犯罪！」

韓澤的聲音，變得十分尖銳：「你鬥不過他們的，你什麼也看不到，你一定鬥不過他們，為了你自己，為了我，求求你，別再管這件事了，只要你不再管，就什麼事也沒有了！」

我冷笑道：「太好笑了，郭太太每天以淚洗面，在等他的丈夫回來！」

韓澤道：「郭先生會回來的，他……只要我們能定下神來，糾正錯誤，他就可以回來了！」

我聽他講得十分蹊蹺，忍不住問道：「郭先生在什麼地方？」

韓澤雙手掩着臉：「別逼我！」

他倏地轉過身去，拉開門，走出去，門立時關上，我還聽得「砰」地一聲，我連忙奔到門後，還可以聽到他背靠着門在喘氣。

我拉開門來，韓澤立時向前奔去，他奔得如此之快，完全像是一頭受了驚的老鼠，我本來想追上去的，但是略一猶豫之間，他已奔到了馬路中心，而就在這時，一輛汽車疾駛而來，在韓澤的身邊，緊急煞車，發出了一陣極難聽的吱吱聲。

我看到，韓澤一轉頭，看了看車子，現出駭然的神色來，接着，車中跳出了兩個大漢，韓澤好像想逃，那兩個大漢，已經一邊一個，挾住了他，我看到這種情形，心中十分為難，我出聲，就表示我看到了一切，我偽裝什麼也看不見的計劃，就要失敗，而如果我不出聲，韓澤這時的處境，卻大是不妙！

我只考慮了極短的時間，我看到韓澤在那兩個大漢的挾持之下，略為掙扎了一下，便已然被推進了車中。

我陡地大聲叫了起來：「韓先生，請回來，我有話要對你說！」

我這樣叫法，可以使人聯想到，我實際上是看不到發生了什麼事的，而我的叫嚷，可能對韓澤有所幫助。但是我的叫嚷，一點用處也沒有，韓澤被推進了車子，那兩個大漢，也迅速上車。

其中的一個大漢，在上車之際，回頭向我望了一眼，車子立時以極高的速度，向前駛去，幾乎和迎面而來的一輛汽車，撞了個正着，在那輛幾乎被撞的車子的司機喝罵聲中，車子已經駛遠了。

我站在門口，心頭怦怦亂跳，我之所以吃驚，並不是因為韓澤的被劫持，而是韓澤說，在他和王直義之後，還有一個「幕後主持人」，要是他透露了有關他們研究工作的秘密，那「主持人」一定不會放過他。

我還沒有機會獲知韓澤和王直義的幕後主持人是什麼人，但是剛才，那劫持韓澤上車的兩個大漢之一，曾回過頭來，望了我一眼，使我看清了他的臉，這就夠叫我吃驚的了！

我認得這個人，這個人的外號叫「鯊魚」，他是一個極有地位，而且在表面上，早已收了山的黑社會頭子，據說，鯊魚控制着世界毒品市場的七分之一，這個統計數字，從何而來，不得而知，但是由此也可知他勢力之龐大。

我吃驚的，還不單是認出了「鯊魚」，而是像鯊魚這樣身分的人，居然會親自來幹劫持韓澤這樣的事！

照常理來說，像這種事，鯊魚只要隨便派出幾個手下來幹就可以了，絕不會親自出馬！

但是，剛才我的而且確，看到了鯊魚，他額上那條斜過眉毛的疤痕，瞞不了人，我曾在公共場合，和他見過好多次。

我立即想到的事，鯊魚一定不是那個「幕後主持人」，他之所以會來幹劫持韓澤的勾當，完全是因為他受了指使之故。

那也就是說，那個「幕後主持人」的地位，高到了可以隨便指揮像鯊魚這樣的大頭子去幹一件小事的地步！

我對於世界各地的犯罪大頭子，相當熟悉，鯊魚本身也是第一流地位的大頭子之一，像這一類大頭子，全世界不會超過五十人。

所以，我實在無法想得出，能夠叫鯊魚來幹這種事的人是什麼人！

我呆立在門口，街上已完全恢復了平靜，我聽到白素的腳步聲在我身後傳來，我並不轉過頭去，仍是怔怔地站着：「韓澤被人推了上車，推他上車的人之中，有一個是鯊魚。」

白素自然也知道「鯊魚」是何方神聖，她聽了之後，嚇了一大跳：「你看錯了吧！」

我轉過身，和她一起回到屋中，關上門：「不會錯，而且，要是料得不錯的話，鯊魚也看到了我，他當然知道我是什麼人，只怕他就要找上門來了！」

白素的神色很難捉摸，我看得出她並不是害怕，而只是厭惡，她不願和「鯊魚」這樣的人，有任何方式的聯絡的接觸。

我苦笑了一下：「放心，他現在是正當商人，我想他不敢露原形，他花了至少十年的時間來建立目前的地位，要是真有什麼事發生的話，他就完了！」

白素道：「那麼，他為什麼會來找你？」

我徐徐地道：「只不過是我的猜想，我想，他會對我威逼利誘，叫我不再理這件事。」

白素皺着眉，不出聲，我回到了書房，在白素的手中，接過那金屬管來，仔細看着，又用一套工具，將之小心地拆了開來。

第十部

大量金錢的收買

那是一具攝影機麼？我自己問我自己。我已經在韓澤的口中，知道那是一具攝影機，可是看來看去，這是一具什麼樣的攝影機呢？它的一端，像是凸透鏡一樣的玻璃裝置，可以說是鏡頭，但是我卻從來也未曾看見過這樣子的鏡頭。

而且，在這根金屬管之中，還有着複雜的無線電控制裝備，許多由集積電路合成的組合，看來例像是一具小型的電腦。

（一九八六年按：微型電腦用在攝影機上，當時是幻想小說的題材，現在已曾遍之極。）

我足足花了一小時去研究這件東西，將之全拆了開來，以逐件合攏，在拆開和合攏的過程之中，我將它全拍攝了下來。我在那樣做的時候，我又想到，如果韓澤想要回這件東西，那麼，「幕後主持人」一定也懷有同樣的目的。本來，我根本沒有將這個「幕後主持人」放在心上，可是在看到了鯊魚之後，我的想法改變了。

我想到，我可能會被逼將這件東西交出去，這是我唯一保留的物證，而如果我拍攝了許多照片，那麼我一樣可以去請教有關方面的專家，認出這件東西，究竟有什麼作用，那對我會有利。

當我做完了這些工作之後，天色已經漸漸黑下來，也就在這時，我聽到接連幾輛車子停下來的聲音，我趕快來到窗口，將窗簾拉開少許，向下看去，我看到三輛大房車，停在我門口，有兩個人正下車，走向我的門口，伸手按鈴。

我認出，其中一個身形高大，西服煌然的，正是鯊魚，而在他身後的那個人，身子比他更高，更粗偉，手中提着一隻極大的鱷魚皮旅行袋。

我來到書房門口，聽到白素道：「對不起，衛先生從醫院回來之後，心情很不好，我想他不會想與任何人談話，請兩位——」

鯊魚啞着聲道：「衛太太，至少他今天已和一個人談過話，我姓沙，我絕對沒有惡意！」

我從書房口，走到樓梯口，大聲道：「哪一位一定要見我？」

我在發話的時候，揚着頭，裝出一副盲人的神態，鯊魚提高了聲音：「是我，衛先生，鯊魚！」

我皺着眉，手一直不離開樓梯的扶手，慢慢向下走來，到了樓下，我看到白素仍然站在門口，攔住了鯊魚和他的手下。

我當然不能有任何預知他會來到的表示，所以當我站定之後，我以極度疑惑的神情和聲音，問道：「鯊魚？你不會是那個——」

我的話還未曾講完，他已經接口道：「我正是那個鯊魚，衛先生！」

我雙手向前伸着：「請進來！」

白素快速轉過身，向我走來，扶住我，鯊魚和他的手下，也走了進來，我和鯊魚面對面坐了下來。

這件事，會發展到了我和鯊魚這樣的黑社會大頭子面對面相坐的地步，是我絕想不到的事。然而，鯊魚還不可能是這件事的「幕後主持人」，真正的「幕後主持人」，我無法想像；同樣地，我也無法想像，王直義和韓澤兩人在研究的究竟是什麼課題。

照說，如此著名而有成就的科學家，絕不應該和「鯊魚」這樣的黑社會大頭子發生任何關係，但是從現在的情形看來，他們之間，顯然極有關聯。

事情既然是如此之詭譎，我自然也沒有什麼可說的了，我只是呆呆地坐着，不出聲，看來，像是毫無戒備的能力。

鯊魚先開口：「衛先生，久仰大名！」

他講了這句話之後，忽然又打了一個「哈哈」：「我認識的很多人，他們都吃過你的苦頭！」

我淡淡笑了一下，我知道，這只不過是在引開話頭而已，他來找我，決不是來和我閒談的。

我淡然道：「請你直說有什麼事，因為我想不出你我之間，有什麼值得見面之處！」

鯊魚卻儼然像是大哲學家一樣，拖長了聲音：「別那麼說，人和人之間，總有機會發生關係的，衛先生，有一件工作，需要高度的機密，不能被人知道，我想請你做這件事的保安主任！」

我呆了一呆，他的話，一時之間，我還無法完全弄得明白。

我只好道：「對不起——」

我講到這裏，停了下來，我的話，是在強烈地暗示，他是一個犯罪分子，我是不會和他同流合污。鯊魚能夠混到今天的地位，當然是一個頭腦極其靈活的人，一聽就明白了我的意思，立時笑道：「衛先生，你放心，這件事，不是我的本行，事實上，我也只是受人所託，本來，這件事的機密工作，是由我來負責的，可是我顯然不稱職，所以我推薦你！」

我心中陡地一亮，已經直覺地知道，他所說的那件事，一定就是王直義、韓澤兩人在研究着的這件事！

但是我卻仍然假裝不明白，我道：「沙先生，你做不了的事，我也未必做得成功，而且，你看我，我喪失了視力，現在幾乎什麼也不能做了！」

鯊魚發出一連串很難形容的聲音：「你太客氣了，事實上，這件工作，你不必花什麼心思，只要動一點腦筋就行了！」

他略停了一停，看到我沒有什麼特別的反應，才又道：「我可以保證——」

他又自嘲似地笑了一下：「或許我的保證沒有什麼用，但是請你相信我，這件事，絕對和犯罪事件無關，是一件很正當的事。」

我乾笑了兩聲：「你的神態如此神秘，究竟是什麼事？」

我看到鯊魚在搖着手，好像很難開口，但是他終於道：「事情說出來，也很簡單。有一位偉大的科學家，他有一種設想——對於科學，我是一竅不通的——他正在研究，他的研究，需要一個極度秘密的環境，所以，才想請你來作幫手！」

鯊魚已經將話講到了這一地步，如果我再裝着不知道，鯊魚是何等精明之人，一定反會惹起他的疑心，而給他看出破綻來。

所以，我自然而然地笑了起來：「沙先生，你真聰明，或者說，你們真聰明，你不是來要我保守秘密，反倒要我保護秘密！」鯊魚也笑了起來：「你已經料到是什麼事了，韓澤剛才來找過你，對不對？」

我道：「是的，可是他的膽子很小，什麼都沒有對我說，又急急走了！」

鯊魚道：「那是他聰明，而你，衛先生，如果你接受這份職位，這裏就是聘金！」

鯊魚伸過手去，在他的一個手下手裏，取過那隻鱷魚皮包來，放在几上，拉開了拉鏈，將皮包口拉了開來。我立時看到，那是滿滿一皮包，一百元面額的美鈔，一時之間，我也無法估計究竟有多少。當皮包拉開的時候，鯊魚緊盯着我，顯然，他對我是不是真的眼盲，還有所懷疑，不然，他也不會趁機來察看我的反應！

但是鯊魚在這時注視我，不會得到什麼，他自然想到，一般人一下子見到了那麼多的鈔票，難免會有一點異樣的神情。

但是我卻有一個好處，我自己不算是怎麼有錢，可是我卻有很多機會，看到過大量的錢，超過這一皮包美鈔更多不知多少倍的財富，我也見過不止一次，所以可以完全不動聲色。鯊魚提高了聲音：「你看看！」

我平靜地道：「我看不見！」

鯊魚伸手抓起了一大把美鈔來，塞到我的手中，我握住了一把美鈔，撫摸着：「是鈔票，美鈔？」鯊魚道：「是的，一共是兩百萬，只要你點點頭，全是你的！」

我鬆開手，任由鈔票落下來：「你們肯花那麼高的代價來收買我，看來有點駭人聽聞！」

鯊魚盯着我，緩緩地道：「要是花了那麼高的代價，仍然不行，那才真駭人聽聞！」

我立時道：「沙先生，剛才你保證這件事和犯罪無關，可是據我所知，已經有兩個人失了蹤，一個人神秘死亡，你又怎麼解釋？」

鯊魚略呆了一呆，才道：「我已經聲明過，對於科學，我一點不懂，據他們說，那只不過是意外，絕不是有意造成的。」

我吸了一口氣：「這句話，我已經聽過好幾遍了，可是，什麼樣的意外，能造成死亡和失蹤？」

鯊魚不出聲，我看到他的臉色很難看，我又道：「你們大可以製造另一次意外，使我也成為意外中的人物，可以省回這一筆錢！」

鯊魚的臉色更難看，他挺了挺身，在這時候他顯露出黑社會大頭子的那股狠勁來，他道：「第一，拿錢出來的人，根本不在乎錢；第二，如果你真的要作對到底，那麼，你所說的事，也不是不可能發生！」

他在出言威嚇了，我嘿嘿冷笑起來：「好，那麼我就等着這件事發生！」

鯊魚霍地站了起來，神色憤怒，看他的樣子，他立即準備離去。

但是，他盯了我片刻：「為什麼？你已經付出了很大的代價，你變成了瞎子！」

我立時道：「是的，你說得對，我已經付出了很大的代價，所以總要取回一些什麼來。」

他抬腳踢着咖啡几：「這許多錢，就是你能取回來的東西！」

我歎了一聲：「沙先生，你不明白，我不要錢，我已經有足夠的錢，衣食無缺，所以，更多的錢，無法打動我的心！」

他俯下身子來，向着我大聲吼叫道：「那麼，你需要什麼？」

我道：「我需要明白事情的真相，需要郭先生和羅定回來，需要明白陳毛的死因！」

鯊魚的呼吸，有點急促，可能是憤怒，也可以是因為我的堅持，而令他感到恐懼。他大聲道：「你不會有任何結果的，不會有！」

我道：「我願意試試！」

這時，白素走過來，將落在地上的鈔票拾起來，放進皮包之中，拉好拉鏈。

白素在一旁，一直未曾開過口，直到這時，她才用很平靜的聲音道：「沙先生，他需要休息，請你走吧！」

鯊魚又盯着白素，他或許不知道白素的來歷，以為這樣兇形兇狀，就可以嚇倒她。不多久，在白素始終鎮定和輕視的微笑下，鯊魚反倒尷尬起來。

他提起了那皮包，在手中掂了掂：「好，我用這筆錢，向你們買回那件東西，行不行？」

我笑了一下：「據韓澤說，那東西是一具攝影機，照看，它快和美國太空人帶上月亮去的，同一價錢了，不過很對不起，不賣。」

鯊魚看來是忍耐不住了，他陡地吼叫了起來：「那東西你留着一點用處也沒有！」

我仍然保持着鎮定，冷冷地道：「那倒也不見得，至少有人肯用那麼多錢來向我買！」

鯊魚惡狠狠地瞪着我，我仍然假裝着是瞎子，一點也不表示什麼來，鯊魚轉過身，和他的手下，一起向門口走去，當他來到門前之際，他又停了一停：「衛斯理，你的確和傳説一樣，不過，你要是一定不肯放棄，對你實在沒有好處。」

我冷笑着：「這種威脅，我是從小聽着長大的！」

鯊魚轉過身來，臉上帶着極度的慍怒：「我不是威脅你，而在在向你説明一個事實，我已經告訴過你，這件事之中，沒有犯罪，也沒有你感到興趣的東西！」

我提高了聲音：「你錯了，我一個好朋友無緣無故失了蹤，沙先生，那是不是你的傑作？」

我看到鯊魚神情盛怒，但是他沒有將他的怒意發作出來，只是揮了揮手，憤怒地冷笑了一下：「如果是我的傑作，那麼，我也是科學家了！」

我聽了他的話，心中不禁陡地震動了一下。

他那樣説，究竟是什麼意思，我實在無法明白，如果要我作推斷的話，那麼，只能推斷為小郭和羅定的失蹤，和他沒有關係，那是「科學家」的事。所謂「科學家」，自然是王直義和韓澤！

然後，科學家又何以會令得他們失蹤？

我看到鯊魚的一個手下，已將門打了開來，鯊魚已準備向外走去了！

在那一剎間，我感到，如果我要將這件事的層層神秘揭開，實在不應該再過分堅持己見，至少，我應該爭取和王直義見面的機會。

所以，我立時道：「請等一等。」

鯊魚站定了身子，並不轉過身來，我道：「你剛才曾說，你是受人之託來找我？」

鯊魚冷冷地道：「不錯，不過我決不會說出是什麼人。」

我也沒有這個奢望，因為我知道，那個叫鯊魚來的人，一定也就是韓澤口中的「幕後主持人」，這個人究竟是何方神聖，實在無法想像！

我淡然笑了一下：「我並不想知道這位先生是誰，不過我想，他派你來，是一個錯誤！」

從鯊魚的背影看來，也可以看出，他被我的這句話激怒了。而激怒他絕非我的本意，是以我立時又道：「我和你之間，沒有什麼好談的，你應該讓王直義來見我，或者，韓澤也行。」

鯊魚轉過身來，緊盯着我。

過了半晌，鯊魚才道：「你的意思是，如果他們兩位中的任何一個來，你就肯放棄這件事？」

我道：「不能這樣說，但是，事情可以有商量的餘地，至少，我相信他們的話！」

鯊魚又望了我半晌，才道：「好的，我可以替你安排，你是一個聰明人！」

我苦笑一下——這下苦笑倒是真的，而並不是假裝出來的：「我寧願是一個蠢人！」

鯊魚又掂了掂手中的皮包，看來他像是還想說什麼，可是沒有說出來，就和他的手下走了。

白素走過去，關上了門，轉過身來，背靠着門：「你認為怎麼樣？」

我皺着眉，不出聲，過了好一會，我才道：「希望他能安排我和王直義相會。」

白素搖頭：「我有興趣的不是這個問題，我在想，整件事的『幕後主持人』，究竟是誰？」

這一個問題，我無法解答的，我只好反問：「你有什麼意見？」

白素道：「這個人，一定極有身分，我們在猜：他是什麼人？可是如果一聽到他的名字，一定會發出哦地一聲來。」

我點頭道：「那是一定的。」

白素又道：「其次，這個人，一定和犯罪集團有勾結！」

我略想了一想：「你這一點推斷，一定是和鯊魚受託這一點而來的？其實那不一定，鯊魚雖然是黑社會大頭子，可是他的活動範圍很廣，各方面的人，都有接觸，甚至一些小國家的元首，為了要靠他獲得武器的供應，也將他當作菩薩一樣！」

白素歎了一口氣，她正準備向前走來，門鈴突然響了起來，白素立時轉過身打開門。

門一拉開，在那一剎間，我竟然也忘記了掩飾驚訝的神情，這實在是出乎意料之外的，鯊魚才走了不到三分鐘，而在門口出現的，竟是王直義！

王直議站在門口，他和我以前見他的幾次，只是服裝上的不同，可見他以前，並沒有經過化裝。

他的神情，在憤怒之中，帶着緊張，可是他又在竭力抑止情緒，他道：「據說，有人希望直接和我談談！」

白素雖未曾見過王直義，可是一聽得他那麼說，也可以知道他是什麼人了！她立時道：「王先生？請進來！」

王直義大踏步向前走來，我站了起來，他直來到我的面前，神情更是憤然，他的聲音聽來很刺耳，大聲道：「為什麼世上總有那麼多愛管閒事的人？」

我心中不禁生氣，立時還敬道：「王先生，好朋友失蹤，自己雙眼失明，這不算是閒事吧！」

王直義簡直是聲色俱厲了，他道：「你那位好朋友，一定會回來，只要你肯不多管閒事，而你的雙目失明，嘿，只好騙別人，騙不過我！」

我不禁陡地震動了一下，王直義竟一下子就戳穿了我雙目失明是假裝的，這實在出乎我的意料之外，我實在不明白，他是根據什麼而得到的結論。

或許我是個不善撒謊的人，所以一時之間，我僵立在那裏，不知如何才好。

王直義連聲冷笑着，坐了下來。

我揮了揮手，以掩飾我在那一剎間的尷尬，然後也坐了下來。

王直義盯着我：「你其實一點損失也沒有，何必一定要和我過不去？你的好奇心難道如此之強烈，非要將一個偉大的理想毀棄？」

在他指出我的失明是偽裝的之後，我沒有立時申辯，那等於已經默認了，這時再來撇清實在多餘，是以我也不裝下去，我坐了下來：「王先生，你不但是個科學家，而且很了不起！」

王直義冷笑一聲，從他的態度看來，他有着極度的自信，好像不對的是我而不是他！

他道：「這是很容易猜到的事，失明是一件大事，當一個人突然失明之後，他的意志再堅強，也無法再堅持原來的意見！」

我苦笑了一下：「說得對，不過，王先生，不單是好奇心，你是一個出色的科學家，但是很明顯，你的行動，現在完全在某一個神秘人物的控制之下！」

我開始在言語上反攻，可是王直義的防線，簡直是無懈可擊的，他立時道：「我自願，我的工作需要大量金錢支持，多到你不能想像，沒有這種支持，我什麼也做不成！」

我立時道：「這種支持，包括使你成為一間多層大廈的業生在內？」

王直義直認不諱：「是！」

我閃電也似地轉動腦筋：「那麼，這幢大廈有什麼用途呢？作為一項投資，還是另有用意？」

這時候，我的思緒，還是十分亂。

我甚至說不上，何以我會將話題扯到了這幢大廈之上。

當我需要極快地和王直義針鋒相對地談話之際，我自然而然提了出來，或許在潛意識之中，我始終認為那幢大廈很有點古怪之故。

我的話，果然使得王直義窒了一窒，但是他立刻道：「衛先生，你也很了不起！」

我一時之間，實在不明白他那樣説是什麼意思。但是我抓緊機會：「這也是很簡單的，所有的怪事，全從那幢大廈開始！」

王直義不再出聲，凝視着我，過了好久，他的怒意，似乎在漸漸收斂，而終於變成了一種無可奈何的神色：「你要怎麼才肯罷手？」

他在和我談條件了，在任何情況之下，對方主動要和你談條件，你就不妨漫天開價，這是不變的鐵律！我的身子向後靠了靠，然後又俯身向前，用極緩慢的語氣道：「我要知道全部事實的真相！」

王直義像是被胡蜂螫了一樣地叫了起來：「不可能！」

我卻不為所動：「在我知道了全部真相之後，如果你認為有必要，那麼，我可以代你保守秘密！」

王直義伸手指着我：「你應該知道，就算你不斷干涉，對我的工作，不會有什麼破壞。」

我冷笑着：「你可以這樣想，但是我已經有了一個逐步付諸實行的計劃！」

我講到這裏，故意頓了一頓，王直義果然相當焦急地問：「什麼計劃？」

我道：「我已經和幾位科學界的權威人士聯絡過，打算公佈一項消息，說你鼎鼎大名的人物，正在隱名埋姓，從事一項神秘的研究工作。我相信這一定是一項轟動全世界的大新聞！」

王直義的臉色，一下子變得十分難看。

他用盡方法，想使他的工作成為一項秘密，我就用公開秘密去攻擊他，這自然有效。

我又道：「而且，我還和警方處理特別事務的傑克上校談過，請他展開一項廣泛的調查，傅訊有關人等，弄明白誰在支持你做這項工作！」

王直義的神色，更加難看，他的口唇顫動着，雖然他沒有發出任何聲音來，但是我知道他的心中，一定在狠狠地咒罵我。

這時候，我可以說已經佔了上風！

我雙手交叉，托在腦後，擺出一副好整以暇的姿態來：「你自己去考慮吧！」

在那一剎間，我突然發現王直義的眼中，閃出了一絲十分狠毒的神氣來，這種眼光很難捉摸，也很難肯定。所以當時，我雖然看到了，也並沒有放在心上。

這是我的一個疏忽，而這個疏忽，使得我幾乎無法再和我所熟悉的，可愛的世界在一起。

當下，王直義想了好一會，低下了頭，顯得很垂頭喪氣，他那種神情，加強了我的信心，使我以為他已完全被擊敗了，當然我也不再去考慮他雙眼之中，剛才所顯露的那種眼色是什麼意思！

王直義低着頭，約莫過了半分鍾才道：「如果我能使你和那位郭先生見面，你去不去？」

我心中陡地一震，他這樣説，實在太突兀了，我立時問道：「為什麼你不叫郭先生到這裏來？」

王直義抬起頭來，發出無可奈何的一笑：「你應該知道，有許多事情，還不是人的力量所能控制的，但是我保證你一定可以和他見面！」

我望向白素，白素在向我搖頭，可是，王直義所說的話，誘惑力實在太大了！

我雖然看到白素在勸我別答允他，我還是道：「好的，你帶我去！」

王直義點了點頭。

我站了起來：「立刻就走！」

王直義也站了起來，可是他卻望向白素。

白素立時沉聲道：「我也去！」

第十一部

怪異經歷再次發生

王直義搖着頭：「對不起，我正想說，我只能帶衛先生一人前去。」

白素又向我使眼色，我的自信心太強，我想，王直義多半是將小郭囚禁在一個什麼地方，當然，我一個人跟他去，可能有危險，但是，不入虎穴，焉得虎子，我寧願去冒這個險。

所以，我來到白素身前：「不要緊，我實在需要見一見小郭！」

白素壓低了聲音：「我有一個感覺，覺得從來沒有一件事，再比這次更詭異！」

當白素壓低聲音對我說話的時候，王直義向外走了開去，欣賞着壁上的畫。我猜他不會有心情在這種情形下欣賞藝術品，他只不過是不想聽我們的交談，故意避開而已。

白素那樣說法，不能單說是她的直覺，因為事情本來就極度詭異。

我問道：「你的意思是，我會有危險？」

白素握住了我的手，苦笑着：「我也說不上來，不過，小郭在什麼地方，他的失蹤充滿了神秘，現在你要去見他——」

她講到這裏，停了一停，我也不禁有點動搖了起來，的確，小郭在什麼地方呢？小郭是一個具有高度應付困難環境能力的人，但是他失蹤了那麼多天，而毫無音訊。

那也就是說，他鬥不過令他失蹤的力量。

王直義説要帶我去見小郭，當然，我有可能遭到和小郭同樣的命運，那麼，我是不是有能力擺脱這個力量的束縛而逃出來呢？這實在是需要鄭重考慮的問題。

我呆了一會，才道：「這件事，完全是由小郭起的，我想我不應該放棄能見到他的機會！」

白素皺着眉，忽然大聲道：「王先生，為什麼你不能帶我一起去？」

王直義轉過身來，攤着手，現出一種極其無可奈何的神情，道：「事實上，我只不過指路，連我自己都不能去！」

白素立時道：「那究竟是什麼地方？」

王直義的回答，簡直是令人氣憤的，他竟然道：「不知道，我也不知道！」

而我的確生起氣來：「這是什麼意思，開玩笑？」

王直義搖頭道：「不，你可以見到郭先生的，或許，還可以見到那位羅先生。」

我經歷過的稀奇古怪的事情，也可以算不少，但是，現在我望着王直義，一時之間，不知說什麼才好。

王直義臉上那種無可奈何的神情，正在加深，加深到了長歎一聲的地步：「老實說，你到了那地方之後，根本無法保證你一定可以回來！」

他講到這裏，頓了一頓，在我和白素的極度驚訝之中，他又道：「這也是我為什麼只讓衛先生一個人去的原因。」

我本來已經覺得驚訝，我的腦中，更亂成了一片。王直義這樣說，是什麼意思呢？

如果他有惡意，他所謂「到那地方去」，是有另一種惡意的含義的話，那麼，他何必告訴我呢？

從他的神態來看，他那樣坦率的說法，所講的全是事實，但是，那究竟是什麼意思呢？

這真令人費解之極！

一時之間，我們三個人全不出聲，屋子中很靜。過了很久，還是白素先開口，她的神態很鎮定，聲音也很平靜，她對我道：「既然有那麼一個古怪的地方，就算冒着不能回來的危險，你也應該去一次！」

白素的話，直說到我的心坎之中，我是一個好奇心極度強烈的人，而王直義的話，又說得如此神秘，儘管他說不保證我能回來，但愈是這樣，我愈是要去！

我已經下定決心要去了，我道：「請你等我幾分鐘，我跟你去。」

王直義的神情，略帶一點驚訝，我向白素作了一個手勢，我們一起上了樓。到了樓上，我在書房之中，取了一具小型的無線電對講機，在手中拋了拋，放進了口袋之中，然後才道：「你明白了？我會隨時和你聯絡！」

白素點了點頭，我立時下樓，伸手拍着王直義的肩頭：「好，我們走吧！」

白素也跟了下來，我和王直義來到門口，轉身向她揮了揮手，她也向我揮着手。

白素真是一個了不起的女人，或許這時她的心中，焦急得難以形容，但是至少在表面上看來，她極度鎮定，而世上實在很少女人，能夠在丈夫去一個可能回不來的神秘地方之際，仍然這樣鎮定。

我和王直義一起出了門，他道：「用我的車子？」

我反正已帶了無線電對講機，在十里的範圍內，可以和白素隨便通話，而且，我估計不會出本市的範圍之內，所以我立時道：「沒有意見。」

我們一起上了他的車子，由王直義駕車，一路上，他並不開口說話，不一會，車子已經上了一條斜路，我不禁奇怪起來。

這條斜路，我十分熟悉，那就是通到那幢大廈去的斜路！當日，小郭帶我來看這幢大廈時，以及我以後好幾次來的時候，全是經過這條路來的！

王直義帶我到這裏來，是什麼道理？難道小郭和羅定，還在這幢大廈之中？

在我的疑惑，還未有結論之前，車子已經停在這幢大廈的門口。

停了車之後，王直義道：「請下車！」

他一面說，一面自己也下了車，我跟着他一起走進了那幢大廈的大堂。

自從這幢大廈的原來管理人陳毛，神秘地死在天台之後，我還沒有來過，這時，或者是由於心理作用，一走進靜悄悄的大廈大堂，我就覺得有一股陰森之氣，逼人而來，我忍不住道：「你帶我到這裏來幹什麼？小郭在這幢大廈內？」

王直義回答的話，更是令人莫名其妙了，他道：「也許是！」

我提高了聲音：「什麼意思？」

在那時候，我已經在提防着可能有鯊魚或是他手下打手，突然從樓梯間衝出來，可是從那種寂靜的程度來看，整幢大廈之中，顯然只有王直義和我兩個人。

王直義道：「你很快就會明白了，現在，你可以單獨啟程了！」

我瞪着眼道：「由哪條路去？」

王直義來到那電梯之前，按了按掣，電梯門打了開來：「由這裏去！」

我陡地一怔，在那剎那之間，我覺得自己多少捕捉到了一點什麼了。

所有的怪事，全在這幢大廈中發生，這種說法，比較籠統一點，正確的說法應該是：所有的怪事，全是在這幢大廈的電梯中發生的，首先是羅定，接着是小郭，現在，是我！

我望着敞開的電梯門，心中有點猶豫，並沒有立時就跨進電梯去。

王直義望着我，他苦笑了一下：「其實，我並不堅持你去，不過，要不是你自己去的話，我的解釋，你決不會滿意，而且，你也永遠無法明白事情的真相。」

我仍然站在電梯門口，我正是思索，他這樣說法，究竟是什麼意思。

王直義又道：「要是你不想去，那麼就算了，不過，也請你再也別管我的事！」

我冷笑了一聲，我知道他是用話在逼我，我道：「誰說我不去？」

我一面說，一面已跨進了電梯。和普通的自動電梯一樣，一有人跨了進去，電梯的門，就自動合攏，在門合攏之際，王直義在外疾聲道：「請你記得那地方的詳細情形，我希望你能回來！」

當電梯的門完全合上之前的一剎那，我發現他的神情很是焦切。

我立時感到，電梯在向上升。

可是，當我抬頭向電梯上的表板看去時，所有的燈全未着，我無法知道自己已升到了哪一樓。

我立時記起了羅定所說的，他在這個電梯中的遭遇，我的手心，不禁有點冒汗。

我並不是第一次乘搭這架電梯，在開始的一分鐘之內，情形和上幾次，也完全無異，除了那一排小燈完全不亮以外。

可是，在兩分鐘之後，情形卻不同了！

電梯顯然還在向上升着，但是就時間來說，它早已應該到頂樓了！

然而，電梯還在向上升，不斷地升着！

羅定所說的情形出現了！

自然，當日我在樓下大堂中，等候小郭上去拿他遺失的手表，等了那麼久，也正是這種情形！

那也就是說，兩個失蹤者，羅定和小郭他們經歷過的情形，現在正由我親身經歷着。

我可以料想得到羅定和小郭兩人當時的慌張和恐懼，因為這時，我對於這種情形，知道了已有很多天，也假設自己在這樣情形之下不只一次，可是，我仍然感到了一陣難以言喻的恐懼。

電梯向上升着，任何一下在城市生活，而又在日常乘搭電梯的人，都可以肯定這一點，時間已經過去了五分鐘，可以說，世界上還沒有一幢大廈有那麼高——電梯上升了五分鐘，還沒有到頂！

電梯在繼續向上升，可以說，連我自己也不知道為了什麼（其實，當然是為了內心的恐懼。），我陡地大聲叫了起來。

我不斷地叫着，大約又過了十分鐘，電梯還在向上升着——那時候，我心中的恐懼，到達了另一個難以形容的頂點，我大聲叫道：「王直義，你要將我送到什麼地方去？」

當然，我得不到回答，而電梯還在向上升，我心中亂到了極點，我開始安慰自己，不要緊的，羅定和小郭，他們曾經經歷了如此可怖的電梯不斷上升，不是終於停下來了麼？

那麼，我至多也不過虛驚一場而已。

當我那樣想的時候，我漸漸鎮定了下來，而電梯還在不斷向上升着，大約自我進了電梯起，至少已經有十五分鐘之久！

我吸了一口氣，電梯還在繼續上升，我用力敲打着電梯的門，希望它能夠停下來，可是電梯還在繼續不斷地上升。

那實在是令人瘋狂的，一幢沒有人居住的大廈，一座不斷上升的電梯，只有一個人，被關在那電梯之中。我幾乎每天都乘搭電梯，但直到這時候，我才發現這個將人在一條直上直下的水泥管道之中，提上吊下的鐵箱子，原來竟如此可怕！

我取出了一柄小刀，旋開了幾隻螺絲，我這樣做，可以説完全沒有目的，或者是在我的潛意識之中，迫切地希望這架電梯，快一點停下來，所以才有這樣的破壞行動。

那幾枚螺絲，原來是固定電梯壁的鋁板的，我一口氣弄鬆了七八顆，一塊兩呎寬的鋁板，鬆了開來。

當這塊薄薄的鋁板跌下來之際，我真正呆住了！

我看到了鋁板之後，極其複雜的裝置，我完全無法説出那是什麼，我所看到的是一層又一層的印刷電路。我對於這一方面的知識，不是很豐富，但是我也可以知道，那麼多電路，足以裝置一座大型電腦！

而這只不過是一座電梯！我可以肯定，那不是一座電梯，因為一座電梯，決不需要如此複雜的裝置。然而，那不是電梯，又是什麼呢？它正帶着我不斷在上升！

我呆呆地望着那些裝置，又進一步發現，電梯的三面，全有同樣裝置，如果說，那是一具十分奇特的機器，那麼，我正是在這具機器的當中！

我試用小刀，去碰一束極細的，顏色不同的電線接觸點，有一蓬細小的火花，冒了出來，發出「啪啪」的聲響。

由此可以証明，這部複雜的機器正在啟動着。

我後退了一步，又大聲叫了起來。這一次，我只不過叫了幾聲，電梯突然停止了！

在經過了如此長時間的上升之後，突然停了下來，給人以一種十分異樣的感覺，我連忙轉向電梯的門，完全像是普通的自動電梯一樣，而門一開之後，也就看到了穿堂。

我急不及待衝了出去，在一個這樣古怪的機器之中，被困了那麼久，再見到了熟悉的大廈穿堂，那當真像是萬里遊子，看到了親人一樣的親切。

我扶住了牆站定，不由自主地喘着氣。

我不知道保以心中會感到如此之恐懼，算來實在是沒有什麼值得害怕的，雖然電梯不斷上升至少有二十分鐘之久，但是，我還是在這幢大廈之中，又有什麼可以害怕的呢？

當我這樣想的時候，我自然而然，鎮定了下來，轉過了身，我看到，電梯的門，已經關上。

王直義說我可以見到小郭，但是我現在還在這幢大廈之中。

要是小郭一直在這裏話，他為什麼不離開這裏回家去？是不是有什麼在阻止他？

我定了定神，已經有了應付最惡劣的打算，是以我的聲音很鎮定，我大聲道：「有什麼人在這裏，可以出來和我見面了！」

我的話才一出口，就聽到「啪」地一聲響，一扇門慢慢地打了開來，那扇門開得十分慢，簡直就是恐怖電影之中，有什麼神秘人物就快出現一樣！

我盯着那扇門，整扇門終於全打了開來，我看到了一個人，站在門口，望定了我！

那是羅定！

突然之間看到了羅定，那多少有點出乎我的意料之外，一時之間，我不知道該説什麼才好，羅定的面色，十分蒼白、可怕之極。

他口唇顫動着，但是在開始的半分鐘之內，他完全沒有發出任何的聲音來，直到半分鐘之後，他才喃喃地道：「你也來了！」

我正在猜測他這句話的意思，準備回答他之際，突然在我的身後，又傳來了「啪」地一下開門聲，當我立時轉過身去，我呆住了！

的確，在我的身後，又有一扇門打開，一個人站在門口，正是小郭！

一看到小郭，我不禁又驚又喜，我立時叫了他一聲，可是他沒有立時回答我，我急急向他走去，來到了他的身前，我才發現他的面色，也極之蒼白，而且，他的神情之中，有極度的茫然。我從來也未曾在小郭的臉上，看到過這樣的神情。

但是，我要問小郭的問題實在太多了，一到了他的面前，我就道：「小郭，怎麼回事？你為什麼一直留在這裏不回去？」

我這樣問他，是因為我感到小郭和羅定這時的情形，實在不像是有人看守着他們，不讓他們離去的樣子。

小郭現出了一個十分苦澀的笑容，並不回答我的問題，只是道：「你來看！」他向我招了招手，我回頭向羅定看了一眼，羅定仍站在那門口，一動也不動，同樣有着失神落魄的神情。

我不知道小郭叫我進去看什麼，而我心中的疑惑也到了頂點，我決定暫時不理會羅定，先和小郭進去看看再說，因為小郭什麼也不說，只叫我進去看，他一定有什麼很特別的東西讓我看。

小郭一面說着，一面向後退，我跟了進去，進了那扇門一看，我不禁大失所望。

我以為一定有什麼極其特別的東西，但是，卻什麼也沒有，進門之後，只是一個普通的居住單位，空的。

我呆了一呆，立時向小郭望去：「你叫我看什麼？這裏什麼也沒有。」

小郭的動作十分奇怪，他雙手抱着頭，退到了牆角，靠着牆，慢慢地坐了下來，接着，伸手向通向陽台的玻璃門，指了一指。

他雖然什麼也沒有說，可是看他的動作，我自然可以知道，他叫我到外面去看看。

我心中仍然充滿了疑惑，不知道外面有什麼特別的東西，因為透過玻璃門，我完全可看到外面的陽台，一點也沒有什麼特別。

我略呆了一呆，走了過去，推開了玻璃門，來到了陽台上，一踏出了玻璃門，我就呆了一呆，現在，我是站在一幢大廈陽台之上。

這幢大廈有二十七層高，假設我是在其中最高的一層，那麼，我站在陽台上，向下望去，應該可以看到一點什麼東西呢？

我所能見到的，自然是城市的俯瞰，是小得好像火柴盒一樣的汽車，蟻一樣的行人，和許多許多其他的東西。

可是這時，我向下看去，什麼也看不到。

那是真正的什麼也看不到，我所見到的，只是茫茫的一片，那種茫茫一片的情景，實在很難形容出來。我可以肯定的是，那決不是有濃霧遮住了我的視線，而是在我目力所能及的地方，本來就什麼也沒有。

我突然感到了一股寒意，不由自主，發出了一下呼叫聲來。

這種茫茫一片，什麼也看不到的情景，我從羅定的敘述之中得知過，但是聽人說起來是一回事，自己身歷其境，又是一回事，我完全被這種情景所震懾，以致我在轉身過來時，發覺自己的肌肉僵硬。

我看到小郭仍然蹲在牆角，我勉力定了定神，走進屋內，大聲道：「小郭，這是怎麼一回事？我們究竟是在什麼地方？」

第十二部

在另一個空間中

小郭抬起頭來：「我不知道，我真的不知道。」

我感到我實在無法再在這裏耽擱下去了，我道：「走，我們回去再説！」

在小郭的臉上，現出深切的悲哀來：「沒有用，無法離開這裏！」

我呆了一呆：「什麼意思？有人看守？」

小郭又搖着頭：「沒有，開始只有一個人，後來，那管理員陳毛來了，他又走了，再後來，羅定來了，然後，你來了。」

我聽出他的話，十分混亂，有點語無倫次，我立時道：「陳毛可以離去，我們為什麼不能？」

小郭望定了我：「陳毛不顧一切，從陽台上跳下去，我沒有這個勇氣！」

一聽得他那樣説法，我不禁陡地打了一個寒戰！

陳毛從陽台上跳出去的，小郭可能不知道陳毛結果死在這幢大廈的天台上，致死的原因，是因為高空下墜！

從這幢大廈的陽台上跳下去，會跌死在這幢大廈的天台之上，那簡直是絕無可能的事。

然而，陳毛卻又的確是這樣死的！

一時之間，我不知道說什麼才好，只是望着小郭。

過了好半晌，我才道：「你有嘗試過離去沒有？你如果走樓梯下去，結果怎麼樣？」

小郭喃喃地道：「走不盡的樓梯，直到你走不動，我試過了，什麼都試過了！」他講到這裏，聲音變得很尖銳：「我們在另一個世界裏！」

我又呆了一呆，走過去，按住了他肩頭：「小郭，鎮定一點，你這樣說，是什麼意思？」

小郭在不由自主地喘着氣，看來，連他自己也不知道那樣說是什麼意思。可是他仍然不斷地道：「我們在另一個世界！」

我不知如何才能令小郭鎮定下來，這時候，門打開，羅定像是幽靈一樣地走了進來。我說羅定走進來的時候像幽靈，是因為我的確有這樣的感覺，他的面色蒼白，雙眼無神，行動之際，幾乎一點聲息也沒有。

我望了羅定一眼，又向小郭道：「你曾經打過一個電話回去，那是怎麼一回事？」

小郭望着我，嘴唇抖動着，好一會才發得出聲音來：「連我自己也不知道，那是怎麼一回事！」

我有點怒：「電話是你打的，你應該知道那是怎麼一回事！」

小郭苦笑了起來：「那是我不知第幾次試圖離開，我在樓梯中向下奔着，一直向下奔，雖然有着走不完的樓梯，但是我還是向下奔，我……我實在是很可怕的，走不完的樓梯，就像是一個噩夢！」

他說到這裏，停了下來，抬頭望着我。

我點頭，表示同意他的話，走不完的樓梯，這的確只有在噩夢中才會發生的事，而在現實之中，如果有了這樣的事，當然很可怕。

小郭繼續道：「我不斷向下奔，忽然，我看到了管理處，那是二樓，我知道有希望了，我又繼續向下奔，管理處明明是在二樓的，可是我又不知奔了多久，仍然是樓梯，無窮無盡的樓梯！」

他講到這裏，不由自主，喘起氣來，停了片刻。看到他這種情形，我怕催促他，會使他說來更加雜亂無章，是以並不出聲。

小郭又道：「後來，我想起二樓有一個電話，我不想出去了，只想回到二樓，去打一個電話，我又轉頭向上，又不知奔了多久，我又看到了管理處，我想走進去，可是像是有什麼東西阻擋着我一樣，我用盡了氣力，才擠到電話旁邊，打了一個電話，事情就是那樣。」

我呆了半晌，小郭那個電話的錄音，我聽過許多次了，他講話的音調極慢，當時，我們幾個研究電話錄音的人，一致認為，那並不是小郭親口對着電話講話，而是事先錄好了音，再特地以慢速度放出來的。

然而，現在聽小郭說來，卻又全然不是這一回事了。

我問道：「是你對着電話講的？」

小郭道：「是，我也聽到我太太的聲音，不過，她的聲音，聽來很尖銳，快速，好像是錄音機弄錯了播放的速度，像鴨子叫一樣！」

我不禁深深地吸了一口氣：「而你的聲音，聽來卻像是錄間帶在播放的時候，弄慢了速度！」

小郭雙手捧着頭，喃喃地道：「為什麼會這樣？為什麼？我們在另一個世界中？」

小郭說了幾次「在另一個世界之中」，或許我是新的來客，所以我還沒有這樣的感覺，而且，對小郭為什麼一再有這樣的說法，我也不是很明白。

就在這時，一直站在一邊，幽靈一樣，不動也不出聲的羅定，忽然開口道：「不是在另一個世界，而是在另一個空間。」

我震動了一下，小郭也陡地抬頭向他望去，從小郭的反應來看，顯然他也是第一次聽到羅定這樣說法。

我在一怔之後，立即問道：「羅先生，另一個空間，是什麼意思？」

羅定苦笑着：「我對科學不是很懂，但是王直義對我說過，那是另一個空間。」

我竭力使我自己鎮定下來，因為在那一剎間，我想到，在羅定和王直義之間，一定還有許多我不知道的秘密，如果催得太急，羅定可能反倒不會說出來。

羅定這傢伙，一切事情，本來全是由他開始的，而我也早已懷疑他心中另有秘密，或許他早將心中的秘密對我說出來，就不會有現在這許多事發生！

我望着羅定，想了一會，才道：「羅先生，現在我們三個人在同樣的處境之中，是倒楣還是能逃出去，命運全是一樣，我想，你不應該再對我們隱瞞什麼！」

羅定苦笑着，轉身走到了牆前，將自己的額頭，在牆上連連地碰着，發出「砰砰」聲響。

我和小郭互望着，都不去睬他，過了片刻，他才陡地轉過身來：「好，我對你們說，他們到底還是害了我，我為什麼不說！」

小郭站了起來，我們一起注視着羅定。

羅定道：「我是第一個在電梯中有那種怪異遭遇的人，我後來撞了車，逃了出去，在醫院中，接到了王直義的電話。」

我不出聲，羅定以前沒有說過這些，雖然我早已知道，他和王直義之間一直有聯絡。

羅定又道：「王直義在電話中問我對警方講了些什麼，我說我已將我的遭遇說了出來，他說那還不要緊，人家不會相信我的遭遇，不過他希望和我見面，我在出院之後，就和他會了面。」

我和小郭仍然不出聲。

羅定停了片刻，又道：「他一見我，就給我十萬元，只要求我不再向人家提起這件事，而且不加追究，我當時就答應了他。後來，我愈想愈奇怪，覺得他如果一下子就肯拿出十萬元來叫我別說什麼，一定會拿出更多的錢來，所以我——」

我打斷了他的話頭，實在我忍不住想譏嘲他，我冷笑道：「看不出你是這樣貪婪的人！」

羅定苦笑了起來：「我接連又向他要了兩次錢，他都給了我，我還跟蹤他到郊外的住所，去見過他幾次，每次他都給我錢。」

羅定繼續道：「我想向他要一筆很大的數目，保證以後不再去騷擾他，他說，一切費用，全是人家拿出來的，數字太大，他作不了主，接着，他又提及他在研究的工作。」

羅定一說到這裏，我和小郭兩人，都緊張起來。

羅定吸了一口氣：「他責怪我貪得無厭，說他在進行的工作要保守秘密，但是決計不是什麼犯罪行為，而是科學領域上，劃時代的創舉，他說，他要使人進入另一個空間，可以自由控制，已經接近成功的邊緣了。他又說，只不過因為一些不能控制的技術問題，我才會在電梯中進入了另一個空間，他是那樣說的。」

我和小郭互望了一眼，都驚駭得說不出話來。

另一個究竟，這種說法，可以有好幾個解釋，而任何解釋，都超乎想像之外，因為自有人類以來，人都是生活在三度空間之中，另一個空間究竟是什麼，誰也不能精確地說出來。

小郭問道：「那麼，你是怎麼來的？」

羅定苦笑道：「王直義最後答應我，可以給我那筆錢，但是必須我幫他一次，進行一次試驗，他要我進那座電梯，他對我說，那是進入另一個空間的過程，那電梯——」

我尖聲道：「那電梯是一座極其複雜的機器，是改變空間的機器。」

羅定道：「是的，我答應了他。因為上一次，我只不過受了一場虛驚，結果並沒有什麼，誰知道這一次，我搭了那電梯上來，卻再也回不去了！」

我呆了半晌，又向小郭道：「你是怎麼到這裏來的？」

小郭道：「當晚，我駕車直駛到海旁，我只覺得心中很亂，離開了車子，沿海旁走着，想使頭腦清醒一下，忽然被人偷襲，打昏了過去，當我醒來的時候，我已經在電梯中，等到電梯停止，我走出來，就一直在這裏。」

我道：「已經有很多天了，你靠什麼生活？」

小郭攤着手，道：「奇怪得很，我所有的感覺，似乎都停止了，不覺得餓，也不覺得冷和熱，所以我才說，我在另一個世界裏！」

我心中極亂，羅定雖然已經說出了他的秘密，可是事實上，對事情仍然沒有什麼幫助。

我知道了在另一個空間之中，全是被王直義送進來的，他送我們進來的工具，就是那幢大廈中的電梯——那肯定是一座奇妙複雜無比的機器。

王直義一再表示，一切全是技術錯誤造成，並不是有心如此，而且，他也表示過，他的研究，還未臻成熟的階段。

換句話說，在某種情形之下，他可以通過那架機器，將我們送入另一空間，但是，他卻沒有力量，再將我們弄回原來的世界去！

現在，我完全明白他要我來見小郭時，所說的那些話的意思了，他說過，我可能永遠不能回去！

當時，不論我怎麼想，也想不到他會將我帶到另一個空間來，別說當時想不到，就算是現在，也有點不可思議！

我將王直義帶我來這裏的情形，約略說了一下，羅定絕望地叫了起來：「那樣說來，我們永遠沒有機會離開了？」

我不出聲，那是因為我知道，眼前的情形，的確如此，除非等王直義的研究，有了新的成功，但是，那要等到什麼時候？人的壽命有限，或許，他這一輩子，再也不會有任何成就了！

我覺得自己的手心在冒汗，小郭忽然叫了起來：「陳毛呢？大廈的管理員陳毛也來過，可是他跳了下去之後，卻不見了！」

我望着小郭：「你知道陳毛怎麼了？」

小郭望着我，沒有反應。

我道：「陳毛的屍體，在大廈的天台上被發現，他是摔死的，從很高很高的地方摔下來，跌在大廈的天台上跌死的！」

小郭聽了我的話，不由自主，打了一個寒戰。

我又道：「太不可思議了！從大廈一層單位的陽台上跳下去，會跌死在大廈的天台上，倒好像他當時不是向下跳，而是在向上飛，飛到了一定的高度後，再向下跳下來——」

我講到這裏，陡地停了下來。

在那一剎間，我的心中，電光石火也似，閃過一個念頭，我已經捕捉到了一點東西了！

我突然想到的這個念頭，是荒謬絕倫的，但是當我想到這一點時，我覺得心頭陡地一亮，覺得什麼不可思議的事，全可以解決了！

小郭究竟和我在一起久了，他一看我的情形，就可以知道，我一定是想到了什麼，他立時問道：「怎麼，你想到了什麼？」

我深深地吸了一口氣，然後，才講出了兩個字：「時間。」

羅定和小郭全用疑惑的眼光望着我。

我又道：「所謂另一個空間，是時間和原來不同的一個空間，你們明白麼？」我大聲叫了起來，「那電梯，是使時間變慢的機器，在時間變慢的過程之中，我們到達了另一個空間：時間變慢了的空間！」

羅定和小郭看來仍不明白。

我又道：「根據愛因斯坦的相對論原理，如果時間變慢，所有的一切，都按比例伸展，舉個簡單的例子，時間慢了一倍，這幢大廈，就高了一倍！」

小郭失聲道：「我們在電梯中——」

我立時打斷了他的話頭：「我們在那具使時間變慢的機器之中，一開始的時候，我們覺得時間慢了，我們之所以可以覺出這一點，是因為我們一直習慣正常時間的緣故，電梯一直在向上升，在時間變慢的情形下向上升，大廈也在相對地向上升，所以，要那麼久，電梯才停下來，而我們也到達了另一個空間！」

小郭道：「我們現在——」

我道：「我們現在，是在時間變慢了的空間之中，我們自己看來動作正常，但如果我們和時間正常的空間中的人聯絡，那麼，我們的一切，全是慢動作，我們的聲音，聽來也像用慢速度放出來的錄音帶！」

羅定神情駭然：「那麼，陳毛——」

大約是我的解釋，的確不是一時之間所能弄明白的，是以小郭也搶着道：「陳毛的情形又怎樣？為什麼他在這幢大廈陽台上跳下去，結果會跌死在這幢大廈的天台之上，這實在太不可思議！」我吸了一口氣：「事情本來就是不可思議的，我剛才說過，根據愛因斯坦的相對論，若是時間變慢了，那麼，其他的一切，也呈正比例擴展，譬如說，時間慢了一倍，這幢大廈也就高了一倍。」

小郭和羅定兩人，皺着眉頭。

我揮着手，繼續道：「這是很奇妙的情形，在我們的空間中，大廈變高了，但是在正常的空間中，大廈還是和原來一樣高。」

講到這裏，我停了一停，又道：「在兩個不同的空間中，一切全是不能想像的。」

小郭和羅定兩人，仍然不出聲，依然皺着眉頭。

我再道：「陳毛的情形就是這樣，他在一個時間變慢的空間之中，向下跳去，結果在他向下躍去之際，忽然之間，他突破了這個空間，當他突破那空間的一剎間，他還在半空之中，而大廈卻回復了原來的高度，結果，他跌下來，就落到了大廈的天台上。」

羅定和小郭兩人，深深地吸了一口氣，然後，過了好久，他們才慢慢地點了點頭。

又沉默了很久，小郭才苦笑道：「那麼，我們在什麼樣的情形下，才可以突破這個空間？」

這正是我想尋找的答案！

我想了片刻，才道：「看來，王直義的研究，還不完全成功，他只能將我們送到這個時間變慢了的空間中來，卻無法令我們回去。」

羅定忽然冒冒失失地道：「可是陳毛卻出去了！」

小郭當時瞪了他一眼：「陳毛跌死了！」

羅定嘴唇掀動了幾下，沒有發出聲音來，不過從他的神情來看，他一定是想說：死了也比永遠被困在這樣不可思議的空間之中好得多！

小郭似乎還想繼續責備羅定，在那時候，我的心中十分亂，但是，我卻又好像捕捉到了一些什麼，我唯恐他們兩人的爭吵，妨礙了思路，是以我連忙揮着手，令他們別出聲。

當他們兩人，靜了下來之後，我深深吸了一口氣：「不錯，陳毛突破了這個空間，不然，他就不會死在天台上！」

小郭搖着頭：「這樣的突破有什麼用，我可不想就那樣死。」

我望着小郭：「現在問題是，我們所在的空間中，時間究竟慢了多少？」

小郭道：「那有什麼分別？」

我道：「大有分別了，如果我們所在的空間，時間慢了一倍，那就是說，原來三百呎高的大廈，就會變成六百呎高——當然，這只是一種比喻，事實上大廈的高度在同一空間中的人是不變的，但是在不同空間的人來說，就大不相同！」

小郭和羅定兩人，都用心地聽着。

我又道：「假設是一倍，那麼，在這裏跳下去，如果立時能在下降中突破空間的阻礙，約莫相當於從二百五十呎的高空中跳下去！」

小郭補充我的話：「還要恰好是落在大廈的天台上，如果直落下地，就等於從五百五十呎的高空跳下去。」小郭講到這裏，苦笑了起來：「沒有人可以從這樣的高度跌下去而仍然生存！」

小郭說得對，沒有人可以在這樣的高空跳下去仍然生存。

羅定又冒冒失失地說了一句：「若是有一具降落傘，那就好了！」

小郭簡直在對羅定怒目而視了，我揮着手：「羅先生，照我的設想，就算有降落傘，也沒有用。一定是在急速的下降中，才能突破空間的阻礙，如果用降落傘，說不定永遠在變慢了的空間之中飄蕩，那就更加淒涼萬分！」

我的話，令得羅定苦笑了起來，小郭攤着手：「那等於說，是完全沒有辦法了！」

我不出聲，在室中來回走着，眉心打着結，過了半晌，我才道：「我願意冒這個險。」

第十三部

冒險突破四度空間

小郭尖聲叫了起來：「你瘋了?這不是冒險，是找死！」

我道：「我不是說我就這樣跳下去，我的意思是，我用一樣東西幫助我。」

小郭和羅定兩人，都不明白我的意思，只是望定了我，小郭問道：「這裏有什麼東西可以利用?」

我伸手向前指着，他們兩人，循我所指看去，從他們的神情看來，他們顯然不知道我指的是什麼，因為那時，我指是一扇門。

小郭回過頭來看我：「你說的是什麼?」

我道：「就是那扇門！」

羅定還是不明白，但小郭畢竟是經過驚險生活的人，他立時明白了！

他道：「你的意思是，將這扇門拆下來，抱着這扇門，一起跳下去?」

我點了點頭：「是，希望門先落地，抵消了撞擊力，那麼，我就有可能逃過大劫！」

羅定望着我，又望着小郭，這一切，在他的腦中，完全無法想像，但是小郭皺着眉，那顯然表示，他在考慮，這是唯一可行的辦法。

自然，這仍然十分冒險，結果怎樣，誰也不知道，小郭在呆了半晌之後，吁了一口氣，而我已經走過去，將那扇門，拆了下來。

我用小刀，在門上挖了一個洞，可以容我的手穿過去。

我叫小郭和羅定，扶住了那扇門，我攀高了些，手穿進了那個洞中，那樣，可以緊緊抱住那扇門，而身子俯在門上。

我也不禁搖着頭：「唯一的希望，就是落地之際，仍然是這樣子！」

小郭苦笑道：「可是，你的人比這扇門重，結果一定是你的身子先着地，跌得粉身碎骨！」

我道：「我們可以在門的下面，加上分量重的東西，使它先落地！」

小郭這方面的腦筋倒很靈活，他道：「拆洗臉盆！」

我點點頭，我們三個人一起動手，拆下了三個洗臉盆，就用原來的螺絲，將這固定在門的下面，加重重量，看來仍不夠我的體重，於是，再拆了一只浴缸，加了上去，看來已經足夠了。

我們三個人，合力將那扇被我們改裝得奇形怪狀的門，抬到了陽台的欄杆之上。

望着那裝上了一隻浴缸、三隻洗臉盆的木門，我不禁苦笑。

只怕自從有人類歷史以來，抱着這樣古怪的東西，由不可知的高空下跳去的，只有我一個人！

反倒是在另一個不可知的空間中的人，不止我一個，至少小郭和羅定都是，而且，誰知道除了我們三人之外，還有多少人在不可知的空間之中？

我攀上了欄杆，當我站在欄杆上的時候，小郭和羅定兩人望着我，我和他們輪流握着手。

這時候，我的情形，就像是日本的「神風特攻隊」隊員們出發之前的情形差不多。

我將手穿進了門上的洞，抱緊了門：「你們小心向外推，然後鬆手！」

小郭和羅定兩人點着頭，羅定忽然道：「等一等，衛先生，要是你出去了，我們怎麼辦？」

我道：「要是我出去，就好辦了，至少我可以再來，而我們可以一起用這個方法出去！」

羅定苦着臉：「第一次成功，第二次未必也成功的。」

我心中很卑夷羅定的為人，介是在如今這樣的情形下，我也不便表示，我只好道：「你放心，我再來的時候，會帶來更適當的工具來。」

小郭和我的交情畢竟不同，在這時候，他不像羅定一樣，只想到自己，而在為我的安全擔心，他望着我：「你……你……」

他連說了兩個「你」字，眼圈有點紅：「再見！」

我也道：「再見！」

他和羅定兩人，用力一推，我和那扇奇形怪狀的門，一起向下，落了下去。

經過改裝的門，重心在下面，所以我向下落去的時候，倒是頭在上，腳在下，直掉下去的。

有一個時期，我曾熱衷於跳傘運動，也曾有過多次高空跳傘。可是這時候，我抱住了一扇那樣的門，自高空跳了下來，和跳傘是全然不同的，我下跌的速度，如此之快，以致令得我五臟六腑，像是一齊要從口中噴出來。

那真是一種可怕的感覺，不但想嘔，而且會感到，將嘔出來的，是自己的內臟。

我竭力忍着，屏住氣息，勉力和這種感覺對抗着，所以我只知道自己在向下跌去，全然未曾發覺，在什麼樣的情形下，又看得到東西的。

我首先看到的是一幢大廈的天台！

當我看到那幢大廈天台之際，我估計距離，大約還有一百呎，可是我下落的速度，實在太快了，我只來得及發出了一下大叫聲，接着，一聲巨響，和一下猛烈無比的震盪，我已經到了那幢大廈的天台之上。

這一下自高空直跌下來的震盪，雖然不是我身子直接承受，那力道也大得出奇，在那一剎間，我被震得天旋地轉。羅依稀聽到了浴缸的破裂聲，接着，那扇門也破裂了開來。

我本來是手穿過了門上的洞，緊緊地抱住那扇門，當那扇門撞得破裂之際，一股極大的力道，將我震了開來，令得我跌出了足有五六呎，倒在天台上。

那一下摔得十分重，可是究竟那扇門承接了百分之九十以上的撞擊力，所以我倒地之後，手在地上一撐，立時挺身站了起來。

可是那一撞這勢，還有餘勁，我才一站起，又禁不住向後，連退了三四步，方始真正站定。

這時候，我也不及去顧得全身的酸痛了，我忍不住又大叫了一聲，我成功了！我從那個時間變慢了的空間中，又回到正常的空間中來了！

我立時去看那扇門，那是極其可怕的情形，那隻浴缸和三隻洗臉盆，碎得已找不到什麼了，門碎成七八瓣，我能夠還站在天台上，真是僥天這倖！

那一下撞擊的力道，的確極大，因為天台也被撞破了一個洞。

我喘着氣，向前走兩步，就在這時候，我聽到「砰」地一聲響，好像是鐵門開啟的聲音，那聲音，是從凸出在天台之上的電梯機房中傳出來的。

接着，我看到一個人，轉過了電梯機房的牆，他才轉過牆來，就看到了我。

那是王直義！

我真的無法形容王直義在看到我之後，臉上的那股神情！

王直義雙眼睜得極大，眼珠像是要從眼眶中跌下來一樣，張大了口，發出一種古怪的聲音來。

這種情形，顯然是他所受的驚駭，實在太甚，以致在剎那之間，他完全處在一種驚呆的狀態之中，像是一個白癡！

我向他慢慢走了過去：「你怎樣，好麼？我回來了，看來你並不歡迎我！」

王直義漸漸鎮定下來，當我來到他面前的時候，他已經可以像正常人一樣說話了，可是他的神態，仍然是驚駭莫名的。

他變得有點口吃：「那……那不可能，我沒有辦法解決的問題，你怎麼能解決？」

我不想去責備他，事實上，他在送我到那個空間去的時候，已經說明，我可能永遠不能回來，是我自己決定要去冒險的。

所以我立時道：「是陳毛給的靈感，你記得麼？那管理員？」

王直義點了點頭，可是他仍然道：「我還是不明白。」

我道：「你的確不容易明白，因為你不知道在那另一個空間中，究竟發生了什麼事！」

王直義一聽到「另一個空間」，陡地震動了起來，面色變得粉白：「你……什麼都知道了？」

我搖頭道：「不，我知道得很少，大多數還是我自己猜出來的，我猜，那座電梯，是一具使時間變慢的機器，對不對？」

王直義後退，背靠在電梯機旁的牆上，無意識地揮着手，講不出話來。

我又向他逼近了一步：「人在通過了這個時間變慢的機器之後，就會進入一個時間變慢的空間，而我，就是在這樣的一個空間中回來，對不對？」

王直義的臉色更蒼白，但是他終於點了點頭。

我又道：「在那個空間中，我見到了羅定和我的朋友郭先生。」

王直義喃喃地道：「我知道，我見到你們。」

我呆了呆：「你見到我們，什麼意思？」

王直義望了我半晌，才苦笑道：「現在，我不必再對你隱瞞什麼了！」

我有點不客氣地道：「你早就不該對我隱瞞什麼了，而且，現在，我們還得快點設法，令他們回到正常的空間來，你應該有辦法！」

王直義現出十會疲倦的神色來，手在臉上撫摸着，接着道：「請你跟我來。」

他一面說，一面向前走去，轉過了電梯機房的牆角，我也跟着他轉了過去。一轉過去，我就看到在機房的門口，還有一個人站着，那人是韓澤。

韓澤看到了我，苦笑了一下，我過去和他握着手，一手按着他的肩頭，王直義已經走了進去，我也和韓澤一起走進去。

才一進鐵門，我就呆了一呆。

這哪裏是一個電梯的機房，裏面可以活動體積，雖然不大，但是那些裝置，簡直可以和美國侯斯頓的太空控制中心媲美。

四面全是各種各樣的儀器，有很多大小的燈，不斷在閃動着，剩餘下來的地方，要站三個人，已經極其勉強，當然更沒有法子坐下來。

我在兩排儀器之中，擠了過去，王直義在我面前，轉過頭來，我發現他和在機房外面時，完全判若兩人，他雙眼炯炯有神，臉上蒙着一層光輝，就像是魚兒到了水中一樣，有一種說不出來的自傲之感。

連帶他的聲音，也變成堅定而有自信，他望着我：「小心你的手，任何掣鈕，都別碰，碰了一個，就可能改變全人類的歷史！」

他的話，就算誇大，我也無條件地相信了他，我高舉着雙手，放在頭上，側着身，小心地向前走，來到了他的身邊，韓澤跟在我的後面。

我和王直義，站在一個只有手掌大小的電視機前面，王直義道：「先看他們！」

我正不明白這樣說是什麼意思間，王直義已經向韓澤揮了揮手，他和韓澤兩人，立時忙碌了起來，雙手不停地，動着各種各樣的掣鈕，又互相詢問着。

過了半分鐘，那小電視機上，開始閃動着許多不規則的線條，開始看來，雜亂一片，但接着，已可以看清畫面，那是一個空置的建築單位的客廳。

而這個客廳，再熟悉也沒有，就是這幢大廈的一個居住單位。

我立時道：「這是為了什麼？我們為什麼不去看，而要通過電視來看！」

王直義望了我一眼，他的神態仍然是嚴肅而有自信的，他道：「你不會明白的，事實上，對於第四空間的事，我也不是十分明白，不過，你至少可以聽一聽！」

我有點啼笑皆非：「多謝你看得起！」

但是王直義正像通常充滿了自信的人一樣，一點也沒有感到我有譏諷的意思在內。

他道：「另外一個空間，是無法想像的，當你在那另一個空間中的時候，事實上，你仍然在這幢大廈之中，但是你卻是在另一個空間，在兩個不同空間中的人，不能互相看到、聽到，和觸摸到！」

我點頭；「這我知道。」

王直義就像是教師在教訓學生一樣，毫不客氣地斥道：「你知道，你知道什麼！你可知道，要使無線電波，能貫通兩個不同的空間，我工作了多少年？」

我聽得他這樣説法，心頭一陣狂跳，也不及去理會他的話是如何令人難堪了，我立時道：「你的意思，是我們可以在這電視上，看到他們？」

王直義點着頭：「是！」

接着，他又不斷地按着掣，我則注意着電視機的畫面，我看到電視的畫面，不斷閃動，轉換着，但是換來換去，全是那大廈居住單位的廳堂。

突然之間，我看到了一個人，我叫了起來，王直義也住了手。

那電視機的畫面雖然小，可是看起來，卻十分清晰，那人雙手托着頭，坐在角落上，我立時看了出來，正是羅定。

羅定坐在那裏，幾乎一動不動，我望向王直義，王直義立時喝道：「看着！」我又回過頭去，忽然之間，我看到一個人，走了進來，那走進來的人是小郭。

那真的是小郭，雖然在電視畫面看來，他只不過半吋高，但毫無疑問，那是小郭。可是，小郭的動作，為什麼那麼奇怪呢？

他不像是走進來，簡直像是在舞蹈一樣，慢慢地揚起手，慢慢地抬起腳，向羅定走去。

羅定也站了起來，他的動作，同樣是那樣的緩慢。這時的情形，就像是在看電影中的慢動作鏡頭一樣，而且，比一般電影的慢動作鏡頭，還要慢得多。

記得我以前看過記錄世運會一百公尺比賽的電影，全用慢動作鏡頭攝製，動作慢得選手每一根肌肉的抖動，都看得清清楚楚。

這時候，羅定和小郭兩人的動作，就和尋套記錄片相仿，我看得連氣也不透，王直義在我身邊：「在他們那裏，時間慢了十倍。所以，他們自然而然的動作，在我們看來，慢了十倍。」

我望了王直義一眼，王直義道：「一切都慢了下來，連人體內的新陳代謝都慢了。」

我又看了一會，才道：「現在，要緊的是將他們弄回來，我已經可以肯定，急速的下降，可以突破空間與空間的障礙。」

王直義望着我，過了半晌，才道：「衛先生，對你來說，現在已經沒有什麼秘密，但是我求你一件事，請你替我保守秘密。」

我並不直接回答他這個問題，只是道：「那要看情形而論！」

王直義道：「你有什麼計劃，可以令他們出來？」

我道：「我再去，帶工具去，可以使我們自高空跌下來的危險，減少到最低程度！」

王直義歎了一聲：「你很勇敢，我早認識你就好了！」

我在各種各樣的機器之中，向外擠去：「我暫時會替你保守秘密，我要去準備一切，盡快將他們弄出來，我可以由電梯下去？」

王直義點了點頭。

我忽然想起了一點：「將人送到另一個空間去，完全是由這裏控制的？」

王直義和韓澤兩人，互望了一眼，王直義又點了點頭，在那一剎間，我真想狠狠打他一拳。

但是我忍住沒有那麼做，因為就算打了他，也於事無補。現在事情已經這樣子，打他又有什麼用處？

王直義是看出了我的面色不善，他苦笑了一下，道；「衛先生，開始的時候，純粹是意外，偶然闖進另一個空間的人，還能夠及退出來，但是後來……後來不知怎麼樣，忽然……」

第十四部

重回時間變慢的空間

王直義像是還想解釋什麼，但是我卻向之揮了揮手：「不必多說什麼，沒有時間聽你解釋！」

王直義諒解地點了點頭：「是的，你要設法將他們兩人弄回來。」

我望着他，忽然覺得這傢伙，可能還會鬧鬼，是以我緩緩地道：「我想你們兩人，陪我上去。」

王直義苦笑了一下：「你不信任我？」

我冷冷地道：「你可以這樣想，但是我為我自己打算，因為，如果我不能離開那個時間變慢了的空間，我們三個人也就全不能離開，那麼，你所幹的勾當，也就永遠不會有人知道了！」

也許是我的語氣太重了些，是以王直義的臉，忽然漲得通紅，他有點激動，大聲道：「我幹的並不是什麼見不得人的勾當，我在做的，是改變整個人類歷史，改變整個人類文明，偉大無比的『勾當』！」

我望着他，仍然冷冷地道；「那麼，你為什麼要保守秘密，為什麼，要隱蔽身分？」

王直義有點泄氣了，他喃喃道；「那不是我的主意，不是我的主意！」

我立時緊盯了他一句：「那麼，是誰的主意？」

王直義瞪着我，一聲不出，看來，他有點麻木。我立時又向韓澤望去，希望在韓澤的神情下，捕捉到一些什麼，可是韓澤在這時候，也望定了王直義，那顯然是韓澤也不知道那是什麼人，而在等待王直義的回答。

王直義並沒有回答我這個問題，他只是頹然地揮了揮手：「韓澤，我們送衛先生下去！」

韓澤像是木頭人一樣，王直義叫他幹什麼，他就幹什麼。

我們一齊擠出了那個控制室，在天台上走着，出了天台，走下了一層樓梯。

韓澤在走下一層樓梯之後，忽然講了一句：「他們就在二十七樓！」

我們這時，正是在二十七樓，聽得韓澤那樣講法，我的心中，陡地一動，立時道：「當我和他們在一起的時候，你也一定知道我在哪一層？」

韓澤望了望王直義，然後才道：「是的，你們全在二十七樓。」

本來，我們在下了天台之後，是一直向電梯門口走去的，一聽得韓澤那樣說，我立時一個轉身，來到了一個居住單位的門口，用力將門打了開來！

在那時候，我急速地喘着氣，心中緊張得難以形容。

王直義在我身後道：「衞先生，雖然我們同在這幢大廈的二十七樓，但是別忘記，我們和他們是在兩個不同的空間！」

我望着被我撞開了門的那個居住單位，空盪盪地，一個人也沒有，我轉過頭來，吸了一口氣：「王先生，我想問你一件事。」

我只不過說想問他一件事，並沒有說想問他什麼，可是他已經道：「我知道你要問什麼。」

我望着他，王直議苦笑一下：「你想問我，被你拆掉的浴缸、洗臉盆和那扇門，是不是還在？」

我點了點頭，仍然望着王直義，王直義手撫着臉：「在理論上來說，它們被拆掉了，實際上的情形怎樣，你可以進去看看。」

我又吸了一口氣，在那時候，我心中有一股說不出來的神秘之感，我慢慢向內走去，才經過了一條短短的走廊，我就看到了一間房間，沒有房門！

我的心狂跳着，在略呆了一呆之後，我直衝向浴室，浴室中的浴缸、洗臉盆，是被拆除了的。

我陡地轉身出來，在那一剎間，我起了一種十分狂亂的思潮，我幾乎不能控制自己的情緒，就是這個居住單位，小郭和羅定，就在這裏！我大聲叫了起來，叫着小郭和羅定，而且，在整個廳內，亂撲亂撞。

我的確是有點狂亂，我實在不能控制自己，小郭和羅定明明在這裏，我為什麼見不到他們，碰不到他們和聽不到他們的聲音？

我究竟不是一個對時空問題有深切研究的科學家，在這個神秘莫測的問題上，我甚至連懂得皮毛也談不上，只不過是勉強可以接受這種說法而已。

我情緒激動，再要冷靜地接受這種觀念，就相當困難，我不住地叫着、奔着，用拳打着牆，用腳踢着門，好像小郭和羅定兩個人，是躲在這個居住單位的什麼地方，我要將他們逼出來。

我看到王直義和韓澤兩人，衝了進來，但是我仍在大聲叫着，直到他們兩人，將我緊緊拉住，我才喘着氣，停了下來。

王直義大聲道：「你知道你這樣做沒有用，為什麼要那樣？」

我一面喘着氣，一面用力推開了他們兩人，在王直義向後退去之際，我向前逼去，用手指着他的鼻尖，厲聲道：「王直義，你不是人，是妖孽！」

這一次，我對王直義的詈罵，簡直不留餘地到極，王直義的臉色，也變得鐵青。

可是他卻保持着相當的鎮定，雙眼直視着我，一字一頓：「是的，我是妖孽，是不是要將我綁起來，放在火堆上燒死？」

一聽得他那樣說，我呆住了。

我直指着他鼻尖的手，慢慢垂了下來。

我在罵他的時候，完全覺得自己理直氣壯，但是在聽得他那樣說之後，我卻氣餒了。

我有什麼資格這樣罵他？沒有人有資格罵他，他是走在時代前面的人，是一個極其偉大的科學家，他已經可以將人送到另一個空間之中！

那自然駭人聽聞，但是任何新的科學見解，在初提出的時候，全駭人聽聞，歷史上有不少這樣走在時間前端的科學家，的確被放在火堆上燒死！

我慢慢放下了手，完全靜下來，然後，才緩緩地道：「對不起！」

王直義沒有說什麼，臉色仍然鐵青。

我又道：「對不起，請接受我的道歉！」

王直義伸手，按在我的肩上，他居然現出了一絲笑容：「算了，我覺得，你開始了解我，將來，或許你是最了解我的人！」

我苦笑了一下：「我們要設法將羅定和小郭救出來，希望你別阻撓我。」

王直義道：「我不會阻撓你，因為要將我的工作保持極端秘密的並不是我！」

他在那樣講的時候，語調之中，有一股深切的悲哀，他的心情，我可以理解，是以我也拍了拍他的肩頭：「你放心，這件事，我會替你徹底解決，請你相信我。」

王直義歎了一聲，我們一起自那個單位中退了出來，進了電梯。

我記得電梯壁上，曾被我拆開過一部分的，但這時候，看來卻十分完好，顯然是他們修補過了，我們進了電梯，電梯向下降，我又道：「小郭曾經在兩個不同的空間中，通過一次電話，那是什麼原因？」

王直義搖着頭：「我也不明白，那一定是在某種情形下，兩個空間的障礙，變得最薄弱而形成的現象。我的主要理論，是通過無線電波速度的減慢，而使光速減慢，從而使時間變慢。而無線電波，隨時受宇宙天體干擾——」

他講到這裏，頓了一頓，又道：「人實在是太渺小了，不論做什麼事，都無法放開手去做，而要受各種各樣的干擾，自然的干擾，和人為的干擾！」我沒有說什麼，電梯已到了大廈的大堂，我首先跨出了電梯。

王直義問我：「你用什麼法子將他們兩人救出來？你的安全脫險，完全是一種幸運！」我搖着頭道：「不是幸運，是靠自己的機智，我會有辦法，只要你能再將我送回去！」王直義苦笑着，點了點頭。

我向外走去，王直義和韓澤兩人，在大廈門口，向我揮着手。

我回到了家中，白素看到了我，立時急急問我，究竟到什麼地方去了？當我將我的經歷告訴她的時候，素來不大驚小怪的她，也不禁目瞪口呆！

過了好半晌，她才道：「那你準備怎樣？」

她雖然問我準備怎麼樣，但是事實上，從她問我的神情看來，她已經知道我準備怎樣了，因為她有着憂慮的神色。我握住了她的手，道：「我沒有別的選擇，我必須再去一次！」

白素呆了半晌，點着頭：「不錯，你只有這一個選擇，但是——」

我自己心中，也同樣憂慮，因為那究竟不是到什麼蠻荒之地去探險，而是到另一個空間去，那實在是人力所不能控制的事，第一次，我能藉急速的下降而回來，但是天知道第二次能不能這樣！

我吸了一口氣：「就算我不能回來，我一定活得很長命，說不定有朝一日，我突然突破了空間和空間之中的障礙，再回來時，你已經是一個老太婆了！」

白素是開得起玩笑的人，儘管她的心中很不安，但是她並不表露出來，她只是淡然地道：「這大概就是『山中方七日，世上已千年』了。」

我點了點頭，沒有說什麼。

老實說，時間不同的空間，這種概念，在現代人來說，別說理解，就是要接受，也不是容易的事情。

可是在很久之前，就是人提出「天上七日，人間千年」的説法。在「爛柯山」這個故事之中，那個樵夫，顯然是進入了另一個空間之中。

我來回踱了幾步：「這是最悲觀的説法，事實上，我想是沒有問題的，我要去準備三具降落傘，和三包鉛塊，當然，還是相當危險，但是比起我抱住一扇門跳下來，要安全得多了！」

白素沒有説什麼，只是點着頭。

我立進打電話給傑克上校，因為我所要的東西，只有問他，才能最快得到。

我並沒有對傑克上校説及我的遭遇，那是因為這是極其駭人聽聞，而且，我考慮到，王直義和韓澤兩人，幕後另有人主持，如果這件事公布了出去，對他們兩人，相當不利。

我只是告訴傑克上校，我要那些東西。有了那些東西，我就可以將小郭和羅定兩人帶回來。

傑克上校在電話中，答應了我的要求，同時，他也十分疑惑地問我：「你要的東西，是互相矛盾的，降落傘使下降的速度減慢，但是，鉛塊卻使下降的速度加快，你究竟在搞什麼鬼？」

我並沒有正面回答他的問題，只是半開玩笑地道：「上校，你的科學學識實在太差了，難道你不知道，一個人要是從高空跌下來，帶上一百斤重的鉛塊和不帶，下降的速度是一樣的？你怎麼連著名的比薩斜塔實驗，也不知道？」

當然，我看不到上校當時的情形，但是從他發出的那一連串嘰哩咕嚕的聲音聽來，他一定被我的話，弄得十分之尷尬。

我和他約定了他送這些東西來的時間，然後，放下電話。我向他要三袋，每袋一百斤重的鉛塊，當然是準備在跳下來時用的，我並不是想藉此下降快些（那不會發生），我只不過是想穩定下降的點，使我們不致於飄到另一個不知的地方去。

等到一切交涉妥當之後，我坐了下來，白素就坐在我的對面，我們幾乎不說話。

傑克上校的辦事能力的確非凡，一小時後，帶着我所要的東西來到。而白素堅持，要和我一起到那幢大廈去。

我無法拒絕她，由她駕着車，一起向那幢大廈駛去，才來到大廈門口，就看到王直義和韓澤兩人，一起站着，白素停下了車，和我一起走了出來。

我看到王直義盯着白素，很有點不自在的神情，我立時道：「王先生，放心，她不會亂説什麼，就算我不回來，她也不會説什麼。」

王直義苦笑了一下。我們三個人，一起合力將放在行李箱中的東西拿了出來，一起提進了大堂，來到了電梯門口。

等到電梯門打開的時候，我和白素，不由自主，深深地吸了一口氣。

白素望着電梯：「你已經去過一次了，這次應該讓我去才是。」

我笑着，當然笑得很勉強，我道：「你當是去郊遊？」

白素歎了一聲：「就是不是！」

我們將鉛塊、降落傘，一起搬進了電梯，當我轉過身來，面對着外面的三個人時，我看得出，他們和我，同樣心情緊張。

我道：「別緊張，如果一切順利，只要半小時，我就可以回來了。」我講到這裏，頓了一頓，又補充道：「當然，是這裏的時間。」

在我說完這句話之後，電梯的門，已經關上，我抬頭看電梯上面的那一排小燈，只是在開始上升的時候，亮了一亮，隨即全熄滅了。

現在，我已完全明白全部事情的經過，我知道，在不斷上升的過程中，時間在逐漸變慢。王直義的研究，當然超時代，只可惜他還未曾完全成功，不然，我應該可以通過電梯上升，到達時間變慢了的空間，也可以藉電梯的下降，而回到正常的空間來！

電梯在不斷上升，這次，我的心中，並不驚惶，但是，那仍然是一段很長時間的等待。

等到電梯終於停下，門打了開來，我大聲叫了起來。小郭和羅定，一起奔了出來，羅定看到了我，呆了一呆，小郭的動作，很出人意外，他立時轉身，重重揍了羅定一拳，大聲喝道：「我說什麼？我說衛斯理一定會回來的，你這雜種。」

來！」

羅定捱了一揍之後，一聲不出，我忙道：「行了，別打架，快將東西搬出

小郭和羅定，一起走了進來，將電梯中的東西，全搬了出來。電梯的門關上。我們一面將東西搬進屋內，我一面將我上次跳下去的情形，簡單扼要地説了一遍，他們兩人用心聽着。

我道：「這裏沒有什麼值得留戀的了，我們開始預備，揹上降落傘。」

羅定對於降落傘，顯然不是怎麼習慣，由我指導着他，然後，我們一起提着鉛塊，來到了陽台上。

羅定緊張得臉色青白，連小郭的額角上，也在冒汗，我們一起攀了上去，我的神情很嚴肅，完全是快要向敵人進攻時的司令員姿態。

我道：「一切聽我號令，一等看到了大廈天台，我就叫放，你們先鬆手，將鉛塊拋下去，然後，拉開降落傘，我們最好落在大廈的天台上，所以千萬不要早拉降落傘，聽明白了沒有？」

小郭和羅定一起點着頭，我望着上下白茫茫的一片，大叫一聲：「跳！」

我們三個人，一起向下，這一次下躍，和上一次又不同，因為沒有那麼多東西絆着我，我可以打量四周圍的情形。

極目望去，什麼也看不到，等到忽然可以看到東西時，那是突如其來的事，我們看到了大廈的天台，而下降的速度，也在迅速加快。我大叫：「放！」

我們三個人一起鬆手，三袋沉重的鉛塊，一起向下墜去，然後，又一起張開了降落傘。等到降落傘張開之際，離天台已不過一百呎了，鉛塊落下去，其中有一袋，落在電梯機房的頂上，我看得十分清楚，鉛塊擊穿了機房的頂，穿了下去，接着，便是一下爆炸聲，烈焰衝出。等到烈焰冒出來之際，我們也已經落到了天台上，我最先掙脱降落傘的繩索，奔到機房門口，想進去看看。門關着，濃煙自門縫中下冒了出來，機房中已全是烈火，無法進去了，我連忙後退，揮着手，我們一起奔下天台，到了電梯門口，發現電梯門縫中，也有煙冒出來，我呆了一呆，大聲道：「快順樓梯走！」我們順着樓梯，飛奔而下，但是濃煙的蔓延，比我們奔走快得多，到我們奔到最後幾層時，完全是衝過濃煙而奔下去的。

我們衝到了大堂，直奔到門口，我看到白素坐在車上，我大叫了一聲，白素立時走了出來，這時，整幢大廈，幾乎每一處都有濃煙在冒出來。

我大聲問道：「他們呢？」

白素很吃驚，道：「他們在天台的機房裏，你難道沒有看到他們？」

一聽得白素那樣説，我不禁全身冰涼，立時再轉過身去，一切全已太遲了，自大廈各處冒出來的，不但是濃煙，而且有烈焰，王直義和韓澤，看來已完全沒有希望了！

整幢大廈失火後的第三天，我和小郭，又一起來到了這幢大廈之前。整幢大廈，燒剩了一個空架子，消防人員，還在做善後工作，我和小郭站着，一動不動。整個火災過程中，並沒有發現屍體的報告。我知道，如果當時，王直義和韓澤，是在那機房中的話，那麼，他們連保留屍體的機會也沒有。有一點，我始終存着懷疑，那便是，這場火，究竟是因為鉛塊的偶然擊穿了機房頂而引起的，還是王直義所故意造成的？

我也永遠無法知道王直義的幕後主持者是什麼人了。

我曾經又遇到過「鯊魚」幾次，但是他卻裝着完全不認識我，自然，我也不會向這種人追問什麼的。那幢大廈，後來當然拆掉了，至於是否又另起了一幢大廈，就不在這個故事範圍之內了！

（全文完）